2
王国研修出向
帝国第11前線基地
魔導図書館、
ーただいまー
開館中
佐伯庸介 illust. きんし
JN019269

ポロニア＝ア＝エアンヘアール
王国第三王子／アルーダ基地司令／勇者アリオスの知己
「……これ、どうなって」
タレーア＝ル＝バルンダル
王国魔導司書候補小天尉／貴族子女
「ちっ……総員退避せ——」

「ここだ！　あたしの後に
続けて読め！
――覚悟決めろ！」
カリア＝アレクサンドル
帝国第十一前線基地
兵站部図書館司書／
特務千剣長／魔導司書

「はい、カリアさん」
アリオス
「勇者」／人類最強／人間戦術／兵器／今はエスコート中

「？　何か見られてる？　あんたバレてんじゃない？」
「……カリアさんですよ、見られてるのは。似合ってると言ったでしょう」

「関係あるか！
いいかこれも
本音だけどな
よりにもよってあたしが
直した本で殺しゃるのが
気に食わねえってんだよ！
飛ばせえ！」

ラードルフ
人馬族（ケンタウロス）／魔王軍所属
「……魔導書で死ぬのは魔族だとしてもか」

SYNOPSIS

連合国と魔国が数年間の大戦争を行っている世界。
連合の主要国である帝国の魔導司書に任命されたカリア＝アレクサンドルは、
基地に設置された図書館の司書として奮闘しつつも、
過去の遺物である『魔導書』を修復し実用化。
連合国はこれを用いた協定により、長く連合国を苦しめてきた、
魔国の長距離大規模破壊魔法である『魔王雷』を封じる事に成功した。

CONTENTS

帝国第11前線基地魔導図書館、ただいま開館中

2

王国研修出向

佐伯庸介

illust.
きんし

The Imperial 11th
Frontline
Base

プロローグ

嫌な仕事ほど断れやしない

身分や立場に拘《かかわ》らず、知識の扉はおまえにも開いているのだ。

そういう気付きをあんたとあの場所はくれた、とカリア＝アレクサンドルは後から聞いた。


人が魔力のほとんどを失い、鉄と火を主力として魔の軍勢と戦い続けて数年。

帝国や王国をはじめとした人類国家の連合軍と、魔族が結成した魔国の魔王軍の戦いである。

帝国軍第十一前線基地図書館魔導司書・特務千剣長カリア＝アレクサンドル。

彼女は今、任地を遠く数百キル離れた帝都オリルダラン離宮・奏麗殿《そうれいでん》にいた。

「出向ですわ♡」

「嫌すぎますわ♡」

旧知の第一皇女クレーオスター＝オリルダンのフリに可愛らしく（当社比）抗《あらが》ってみたものの、それが不可能な事はカリア自身よく分かっていた。

「茶番は置いておいて。王国の要請ですわ。断れませんわよ」

「ここにまた呼び出されてる時点で、っつーことですね……」

魔王軍による第十一前線基地への攻撃から三か月。この間は激動と言ってよい勢いで過ぎた。

魔導書。ものによっては一軍を滅ぼせる『魔法』を封じた古《いにしえ》の遺物。

これを現代で修復し、運用し、そして封じた初めての人物が、

「カリア＝アレクサンドル。貴女《あなた》なのですから」

カリアの魔導司書権限における戦場での現地交渉をきっかけとし、連合軍と魔王軍とによる初の協定『大規模破壊魔法の戦争使用禁止協定』が結ばれた。

略して魔法協定。端的にまとめると『今更だけどさあ、魔王雷と魔導書を敵軍や居住地に直でかますのはお互いやめようや』というものである。

魔王雷とは、数千キルを飛び来たり、町、基地、そして軍を焼き尽くす魔王の『魔法』だ。その圧倒的かつ一方的な攻撃を、魔導書はその運用と引き換えに封じた。

「協定のスピード締結に協力的な姿勢を見せてくれた王国の要請は断りにくい……と」

「後は実利的な問題ですわ。本来は秘密兵器の軍事機密、となりますが。今ばかりは王国にも早急に魔導書の安定運用が出来るようになってもらわねばなりません」

抑止力は張り子の虎であってはならない、という事だ。

実際は連合国どころか帝国だけ、ですら無くカリアのみが使える……という現状は魔王軍側にバレるとひたすらにヤバい。

「と、つらつら語りましたが。これはエアンヘアール王からの要請を我らの皇帝が受けた話でもあります。辞令自体は軍部から出ていますが――」

「ほぼほぼ勅命っつーことですね。あたしも出世したもんだ。痺《しび》れるな～……」

『カリア＝アレクサンドル特務千剣長。貴官に魔導司書研修講師として王国への三か月の出向を命じる　帝暦　八九一年　一月　十日』

一章

本は女の肌より大事に扱え

時は少し遡《さかのぼ》る。カリアが未《ま》だ第十一前線基地にいた時まで。

「年明け早々出向辞令が来たぞ、アレクサンドル特務千剣長。君は一旦帝都まで出向き、そのまま王国のアルーダ基地へ向かうことになる」

司令室。基地司令であるテルプシラ＝ピタカ万剣長は同情の色を隠さず言った。

「予想はしてましたけど……図書館を三か月以上空けることになんのかあ」

「運営に不安が？」

「新人もそれなりには仕込んだんで、多分大丈夫だとは思いますよ。単にあたしが寂しいってだけです」

半年以上もかけて、カリア自身が書架から職員から鍛え上げた職場だ。一時的にとはいえ名残惜しさはある。

「気持ちは理解するよ。私とてここから余所《よそ》の基地へ移れと言われれば寂しく思う」微笑《ほほえ》んでから、テルプシラは指を形良いあごの前で組んだ。「ただ君がこの基地に不在となる事が可能なタイミングは、今をおいてない」

カリアは素直に頷《うなず》いた。

昨年夏の戦闘において辛《から》くも勝利した後、第十一前線基地にはその地理的重要性を重んじて増員が決まった。それにより、この地区を争う魔王軍とは一時的な小康状態が訪れている。

「魔王軍の出方次第ではあるが、今なら君がここを空けても、あちらもすぐさま攻め込むだけの戦力は用意出来まい」

三か月という期限付きの出向もそれが理由だ。魔王軍が仮に気が変わっても攻め込む事が出来ない、その期間で王国の魔導司書候補者たちに一通りの運用を叩《たた》き込む。

「出向先では忙しくなるだろう。要望はあるか？　今の内なら何とかねじ込める」

「そうですね……助手を一人連れていっても？」

「エルトラス剣兵ですか？」

「剣兵長補だ。基地攻防戦の後昇進させたからな」

横に控えた司令付副官の言葉をテルプシラが訂正する。この部屋にいる三人が思い浮かべる眼鏡の女性は、カリアがこの基地に着任した直後から鍛えた図書係だ。

「見知らぬ外国で一人だとちょいと不安が勝ちますね。勝手知ってる相方が欲しいとこで」

らしくもなく指を胸の前で照れくさげに絡《から》ませるカリアに、テルプシラは頷いた。

「ふむ、私の権限で許可しよう。諸手続はこちらで済ませておく」

「エル～王国語って出来る？」

「え？　はいまあ、学生の時第一外語で取りましたから。帝国語と似てて簡単ですし」

「はい決まり王国に旅行だよ～」

「えええええええええええええなんでですかあああああああああ」


そんなわけで時を現在に戻す。カリアは寝耳に水で涙目になったエルトラスと共に支度《したく》を整え、三日かけて帝都行って皇女に会い、さらに一週間かけてエアン王国はアルーダ基地までやってきたのであった。


（アルーダ――王国の前線より一つ内側くらいの位置にある基地。現在の兵数は千二百）

旅路の中で、カリアは肩にもたれてすやすや寝ているエルトラスを起こさぬよう、静かに基地資料と、出発前に届いていた自分宛の手紙を読み込んでいた。

大昔からある古い街と少々の距離があるその基地は、同じく大昔からある砦《とりで》の土地を再利用して作られている。

今は東のケイアン盆地で行われている戦いへの物資中継基地として、そして兵器・戦術の試験運用基地として使われている。

（実際に見れば、外壁も控えめで薄い。新しい何事かを試すためには良い立地……なのか？）

そして――何より資料で目を引いた存在が、到着したカリアとエルトラスが案内された先にて現れた。

「カリア＝アレクサンドル殿、エルトラス殿。両名良く来てくれた。余がこのアルーダ基地司令を務めるポロニア＝ア＝エアンヘアールだ」

基地司令室。第十一前線基地のそれよりも広く、王国様式の調度品も瀟洒《しょうしゃ》なそこで、立ち上がって出迎えた男はそう名乗った。

（か……カリアさん。エアンヘアールって）

（そ。正真正銘、エアン王国の王子様。余だぜ、余）

「第三王子ゆえな。堅苦しい王室よりはここで気楽にやらせてもらっているという次第だ。あ、言葉は基地内であれば連合共用語で良いぞ」

聞こえたわけでもあるまいが予測は付くというものなのか、ポロニアは軽く肩をすくめてそう笑う。とはいえ帝国語と王国語はその源流を同じくする事と、現代では共用語との同化も多くなった事から、どっちの言葉でもなんとなーく意味は分かる、という具合だ。

「アレクサンドル殿。汝《なんじ》の事はアリオスからも聞いている。奴《やつ》があんなに楽しそうに人の事を話すのは久し振りに見た。余の事は……名字じゃ仰々《ぎょうぎょう》しいな。ポロニア司令、で良いぞ。部下にもそう呼ばせている」

愉快そうに言う王子に、カリアはむ、とたじろぐ。

勇者アリオス。銃火の支配する人間の戦場において、唯一剣で最強を誇る人類の例外。そういえば彼は王国の出身だ。

「お、お知り合い、なんでしたよね」

「親友と言っても良い。子供の頃からの遊び相手でなあ。余を泣かせたのは親と兄の他はあやつくらいのものさ」

懐かしげな王子の表情に、カリアは何やってんだよあいつ、という声を呑《の》み込む。

(余計な事まで言ってないだろな……)

苦い思いで頭の中に勇者顔を想起すれば、ほわんほわんあれくさんどる〜とばかりに列車の中で読んでいた手紙の内容が甦《よみがえ》って来る。

差出人は、勇者アリオスその人だった。どういう経路からか――どんな経路でも、あの男ならありそうだと思うが――カリアの王国出向を知った彼から届いた手紙だった。

王侯貴族とも多くやり取りする彼の、あれやこれやと嫌味ったらしいほどに完璧に行き届いた修辞やら修飾、細やかな挨拶をうっちゃって要約すれば、以下のようなものだった。

『アルーダ基地にいらっしゃるとの話を聞きました。

僕はおそらくその時期、アルーダ基地から東のケイアン盆地前線の配置になっています。なんかその辺で魔族が集まっちゃったらしいので呼ばれました。

そちらへは魔族をやる気はありませんので、安心してお仕事頑張ってくださいね。

それと、仕事に一生懸命なのは司書さんの良いところですが、ご飯と睡眠は忘れずしっかりとりましょう。

アルーダ基地の司令は僕の知己です。

何度か司書さんを話題に出した事があるので、多分……多分二回……いや三回までなら貴女《あなた》が何かやっちゃっても許してくれると思います。

あと、王国民、特に平民出の方々は、図書館利用の習慣が薄いかもしれません。

研修講師として行かれるとの事なので問題は無いと思いますが、もしマナー違反を見かけても何卒《なにとぞ》短気を起こさず、優しくしてあげてください。すぐ殴るのは良くありませんよ。国際問題になりますからね。

それでは、お元気で。次にお会いできるのを楽しみにしています。』

（あいつ《アリオス》、近くの戦地にいるんだよな……ケイアン盆地って、山は挟むがこっから二十キルも無いよな？　確か。物資とか中継するかも…………にしても）

思い返せば、何かムカついてきたカリアさんである。

（てーか何であたしがやらかす前提なんだっつうの。大体どういう目線の手紙だよクソッタレ。少しその……あの、アレしたからって調子乗ってるな。乗ってるだろ）

三か月前の第十一前線基地。あの戦闘直後、気の迷いで『盛り上がって』しまった事は、一生の不覚として墓まで持っていくつもりの司書だ。

「さて――」ポロニアが司令席へ座り、肘を突いて組み合わせた指の上にあごを乗せる。「出向の用件は伝わっているとは思うが」

それで、カリアは自分でも驚くほど即座に想起を打ち切った。王子の何が変わったというわけでもない。口調の割に親しみやすい微笑《ほほえ》みもそのままだ。だがそれでも、

(空気が変わったな) そうカリアは感じ取る。

無意識だろう。エルトラスが一歩退《さ》がって、そんな自分に戸惑った表情をしている。彼女の肩に手を置いて落ち着かせ、口を開く。

「もちろんです。魔導書運用研修指導、全力で取り組ませていただきます」

「うむ。汝《なんじ》の滞在中に最低限、試射までは行いたい。この基地で魔導書運用試験が行われているのはそのためでもある」

「? どういう……」

「立地だよ、この基地の」

首を傾《かし》げたエルトラスにカリアは告げる。現在の前線、ケイアン盆地からほど近い場所。そこで攻性の魔導書の実験を行えば、魔王軍の目に入る可能性は高い――というか、見せつけたいというのが王国の本音だろう。

「王国《うち》にもしっかり魔導書はあるんだぞ、とな」苦笑しつつポロニアが後を継いだ。「およそ半年前の魔王雷で、こちらの魔導技師隊がひとつ潰《つぶ》された故《ゆえ》な。如何《いか》に今は協定で、魔王雷も魔導書も敵軍への使用が禁止されているとはいえ――」

「出来るだけ早く使用可能な状態に持っていきたい、ですか」

「国民の不安を慰撫《いぶ》するためにも、というわけだ」

王族らしい視点を覗《のぞ》かせたポロニアが、ぱんと手を打った。

「よし！　小難しい話はこれまでだ。アレクサンドル殿、今日のところは旅の疲れを癒《いや》して欲しい。おって研修の日程を知らせる。――バルンダル」

「基地内御案内します、アレクサンドル様、エルトラス様。タレーア＝ル＝バルンダルと申します。小天尉です。とはいえ主任務はポロニア殿下の雑用係、といったところです」

すぐに現れた女性士官の自己紹介、その名前でカリアはピンと来る。王国貴族だ。小天尉とは王国の軍事階級で、帝国では十剣長に相当する。彼女は謙遜《けんそん》して見せたが、言ってみれば王族の側付《そばづ》きである。

（所作と身だしなみからすれば階級以上にいいとこの人そうだな）

それも、かなり若い。軍士官であるからにはそんな事はあるまいが、十代後半といっても通りそうな見た目だ。女性の理想を絵に描いたような体型も相まって、軍人というよりは深窓の令嬢めいた印象すらある。

タレーアと名乗った銀髪の女性士官の所々を一瞬で見て取って――これは皇女と付き合いがあるからこそ鍛えられた眼力だ――、カリアも礼を返す。

「……ありがとうございます、バルンダル小天尉。ですけど、どーか様付けは御勘弁を。この先三か月、ここで過ごすんですから」

慌てて、エルトラスも従ってぺこり。

「わわわ、わたしも貴族様に様付けされますと緊張してしまいますので、エルで結構です～」

客人の微笑《ほほえ》みと動揺に、タレーアと名乗った士官は一瞬の思考のあと頷《うなず》いた。

「分かりました、アレクサンドルさん、エルさん」

思ったより融通の利くタイプのようだ、とカリアは思う。

「カリア、でも良いですけどね？」

「それは私をタレーアと呼んでいただけたらにしましょうか。では、こちらに」

さらりと返した彼女に、基地内の地図を渡され、三人は外へ出た。

「と、ところでわたしたちが泊まる所はどんな感じなんですかね？」

「ん……地図に印がされてる建物は兵舎とは違うっぽいから、士官用の建物なのかな？　ベッド柔らかいと良いな～」

「わ、わたし士官用の部屋とか初めてです！　来て良かったかも……」

えへへえ、と笑い出すエルトラスを愛《う》い奴《やつ》め、などと思っていると、タレーアが後ろを振り向いていた。

「お二人……もしや、宿泊場所の事をお聞きになっておられないのですか？」

そろって小首を傾《かし》げる帝国軍人に、

「殿下……」

呆《あき》れたように、タレーアはその形良い鼻梁《びりょう》をわずかにしかめさせ、軽く左右に頭を振った。

（嫌な予感）

「ここで説明するよりは、最早《もはや》見ていただいた方が早いですね」

そうしてたどり着いた場所で、カリアは盛大に表情を歪《ゆが》ませていた。

「こ、こここここれ、もしかして～」

周囲の基地施設と比べれば、明らかに新築の建造物だった。上空から見れば正方形に近い形。広めの入口を持つエントランス。そこから覗《のぞ》く内部には幾らかの人影と、本棚。

カリアは建物を軽く指さしてタレーアへ呟《つぶや》いた。

「図書館……だったりして」

「左様です」

「左様って」

半眼で突っ込んだカリアへ、タレーアが補足する。

「単純な話です。王国もまた魔導書研究に着手し、基地にて運用試験を行うにあたって、成功例を踏襲するのはおかしな事では無いでしょう?」

「成功例、うちが?」

怪訝《けげん》そうにカリアは言うが、彼女が体験した一連の葛藤《かっとう》など外部には分からない。

「魔導書は重要かつ繊細な兵器です。どの道、専用の研究棟は必要でした」

ぴくり、とカリアの眉が動いた。

「それで、王国も基地に図書館建てたと」

「は、話の流れからすると、もしかしてわたしたち~」

三人で図書館を見上げて、タレーアは頷《うなず》いた。

「こちらに滞在していただきます。職員宿泊用の部屋がありますので」

考えてみれば当然か、とカリアは思う。帝国の事例を参考にしたならば、図書館を建造する時点で、彼女の出向は予定されていただろう。

入口をくぐりながら、カリアは問う。

「現状の司書は?」

「今のところは後方人員が持ち回りです」

見れば、内部利用者はそう多くない。それも、おそらくは士官ばかりだ。

怖々と周囲を見回すエルトラスが示す通り、当然の如《ごと》く連想されるものがある。

(もしかして、あたしたちにここの司書もやれってか?)

下手な事言って藪蛇《やぶへび》は嫌だな、とカリアは口を閉じる。三人は利用スペースを抜け、利用カウンターの先にある事務スペースへと移動する。そのさらに奥のバックヤード――書庫などがある区画には、講堂と三つの個室があった。

「狭くて申し訳ありませんが、こちらが宿泊用の部屋です。まだ使われた事は無いので、お二人が初めての利用者ですね」

備品としては作業机と椅子、ベッドがあり、カリアが帝国軍第十一前線基地で寝泊まりする司書控室と――比較すれば小さいが――大差ない。

「いや、十分十分。ね、エル？」

「は、はい～。わたし元の基地じゃ二人部屋でしたし」

ややほっとした様子でエルトラスも答える。

「恐縮です。こちらに基地の基本的な情報と時間割があります」タレーアが小冊子を差し出す。「お二人は講師と助手という扱いですので、研修以外は行動許可範囲で自由にしてくださって構いません。ただ、食事洗濯などは基地内施設をご利用いただく事になります」

その他、生活上の細々した説明を受けるが、カリアとエルトラスにとっては、帝国軍でのそれと変わるものはさほど無い。

「研修の日程は明日お渡しする予定です。ご質問は」

そう言葉を締めくくったタレーアへ、カリアは小さく手を挙げた。

「ひとつだけ。これは後で王子にもお伝えいただきたい事ですが」

目線の促しを受け、続ける。

「王国の事情は理解しています。……今回、魔導書の修復のみならず使用実験を行うとポロニア司令は仰《おつしや》った」

「はい。その予定です」

「使用された魔導書がどうなるかは？」

「聞き及んでおります。再利用可能なまでに修復しても、現代の材料と魔導技術では、本格発動で不可逆の魔力喪失《そうしつ》と損傷を負い、魔導書としての機能は失われる」

これは帝国の二度における魔導書使用により判明した事実だ。魔導書は基本的に、全開使用した場合は使い捨てとなる。

「ゆえに実験に用いる魔導書は無論一冊のみとなります。それが？」

既知の確認を続けたタレーアに、カリアは頷《うなず》き、言った。

「あたしは兵器としての修復はしません」

王国の女性士官の眉が、不可解の感情にひそめられる。帝国の司書が腕を組み、その豊かな胸を張る。

「魔力的な事とは別に、物理的にも結構デカく傷付くんですよ、魔導書使うと。んで、発動段階での修復が下手だと、本としても読めないくらいぶっ壊れる可能性があります」

滔々《とうとう》と語るカリアに、エルトラスが諦めたように天を仰いだ。

「魔導書が使えるようになっても、使った後に廃棄されるなんてのは許されない。魔導書はそれ自体が稀少《きしょう》な文化財です」

やや呆気《あっけ》に取られるような表情になるタレーアへ、カリアはさらに宣言する。

「あたしが修復するのは、あくまで本として。

——現代において、唯一魔導書を使用した司書として提言します。魔導書を使うのならば。使用後も再び読解可能な『図書』として戻せるほどの、復元に近しい修復を、その水準をあたしは王国の魔導司書へ求めます」


個室に設備的な違いは無かった。十数分後、旅装を解いた二人はカリアの部屋で向かい合ってコーヒーでひと息つく。

「か、カリアさんいきなり啖呵《たんか》切るんですもん、焦りましたよ～」

「魔導書を兵器っつってたからねあの子。それが王国の基本的な認識なんだとしたら、こっちとの認識違いは早々に言っとかないと後で困る」

ミルクをだばだば投入するエルトラスへ、カリアは眼鏡の旅埃《たびぼこり》を拭きつつ答える。

「帝国でも軍部のアホどもは似たような事言ってたけど！」

吐き捨てる上司に、エルトラスは嘆息ひとつ。もう慣れた。

「ともあれ、まずはこっちの魔導書運用状況を確認したい。講義開始までに、それを見せてもらわんと」


翌日。カリアは早々に司令室に呼び出された。用件は研修日程の告知。それと、

「バルンダルになかなか良い啖呵《たんか》を切ったようだな、アレクサンドル殿」

カリアは素知らぬ顔で受け流す。当然ながら昨日の件はポロニアの耳に入っている。

「誤解しないでもらいたいが、汝《なんじ》のそのスタンスは余も賛成するところだ」王子の目が笑んでいる。「魔導書の修復度合いはその威力と精度に直結するのだろう？　ならば最高品質を目指すのが当然というモノだ」

「そ……そうですね」

むむ、とカリアは油断ならないものを感じる。

（あたしが魔導書使用の所感を書いた報告書……把握してるのか）

「利害の一致、という事で来週からビシビシやってもらって構わない――んだが。週末――明後日《あさって》だな。少々、面倒なイベントがある。というか、出来た」

首を傾《かし》げるカリアに、ポロニアは肩をすくめて両掌《りようてのひら》を上に向けた。

「我が国の魔導書修復を担当しておる部署がなあ。これまでの成果を見せると急遽《きゆうきよ》ねじ込んできおった。おそらく前々から謀《はか》っていたんだろうが」

「王国の魔導書修復……既に始めてるモノがあるって事ですよね」

それ自体は驚くに値しない。やっていて当然だ。だが、

「恥を晒《さら》すようだが、要は派閥争いだ。汝《なんじ》を呼んで精度を高めようとする側と、外様《とざま》に勝手をして欲しくない者たち。……王宮の争いを現場まで持ち込むというのは面白くないが」

つまりは、後者のデモンストレーションという事だ。カリアが来たタイミングで、自分たちで先んじて魔導書の試射を行い牽制《けんせい》する。

「強引なことやんな……やりますね。成功した場合、あたしたちの方の試射は無くなると？」

「思惑はどうあれ、後で研修を受ける者たちも実験には参加する。アレクサンドル殿、是非汝にも見学してもらいたい」

えー、と言いたい気持ちを抑えて、カリアは頷《うなず》いた。

（ムカつく話ではあるけど、王国だけで上手《うま》く収まるならそれはそれで楽が出来る、か）


「申し訳ありません、お二人とも」

その日の昼。基地食堂でカリアとエルトラスの対面に座って頭を下げたのはタレーアだ。

「もしかして、週末の話？」

「はい。私も魔導書修復実験の参加者です」

「ええ？　じゃ、じゃあ王子様の側付《そばづ》きなのに、派閥はその」

エルトラスの不安がそのまま出たような言葉に、タレーアは軽く首を左右に振った。

「我々のような実際に作業を担《にな》う人間には派閥も何もありません。私個人は、アレクサンドルさんの指導を楽しみにしている側です」

「上に左右されてるねえ、お互い」

同情的な視線をカリアが向ければ、タレーアは苦笑して香辛料入り麦粥《むぎがゆ》を口に運ぶ。

タレーア直属の上司はポロニアだが、魔導書修復の実務においては別派閥の干渉を避けられない立場なのだ。

（おそらくは、その別派閥とやらにもケッコ上の人間がいるんだろな……）

「実務される方々には、た、大変ですよね……」

エルトラスが、同情しながら東方風フライドチキンをもりもり食べている。たくさんお食べ。

「でも、我々の現時点での成果を試せるというのは楽しみではあります。是非、御覧になっていってください」

（楽しみ、かあ……。うーん）

明るく言うタレーアに一抹《いちまつ》の気がかりを覚えつつ、カリアはミソなる調味料のスープを啜《すす》った。複雑な味わい（婉曲表現《えんきょくひょうげん》）であった。

「これより、王国魔導書、試射第一号『天墜《お》とす瞳』の発動実験を行います」

そして、週末はやってくる。試射は基地から東側の荒野地帯で行われ、カリアとエルトラスは基地の将官、そして王都から視察に来ている貴族らが座る仮設テントに同席していた。

ちなみに隣にはポロニアが座っているので、エルトラスは緊張でぷるぷるしっぱなしだ。

「――視線はそのままで聞け」前ぶれなく、ポロニアがカリアへと呟《つぶや》いた。「我々の背後一列目右から三番、カメリー＝タ＝ペンテニス大天尉。この基地唯一の大天尉だ」

大天尉。帝国では千剣長にあたる。アルーダ基地の規模では、彼一人で良いという事か。

「その一列後ろがクルネア＝ロ＝タンムー中天尉。その真後ろにセヴァン小天尉がいる」

ポロニアはそれで口を閉じた。エルトラスは不思議そうにしているが、カリアにはその意味は知れた。

（要するにこの基地にいる別派閥の人か、その疑惑がある人っつう事ね）

後で顔を確認しておこう。そう思った時だ。

「本実験の目標想定は魔導書起動地点より東方向、荒野一キル範囲。文書解読により、発動に伴い強い発光と音が予測されているためご注意ください」

司会の解説が耳に入り、カリアは東を見やる。現地点はここから東にあるケイアン盆地前線より直線で十キル以上西側だ。ここの実験が前線で目に入るかは分からない。

（だが仮に『天雷の顕現』級のものなら……可能性はある）

その場合、この実験は魔王軍への明確な示威も兼ねるだろう。

発射予定位置には机が設置され、魔導書と資料のようなものが置かれている。

「王子、あれは?」

「詠唱資料と聞いている」

王子の答えに、カリアはわずかに眉根を寄せた。

「カンペって事ですか。まあ確かに確実を期すなら……」

「今回の使用者は『天墜《お》とす瞳』に使われた言語の専門では無い」

そして、魔導書のもとへと歩み出たのはタレーアだ。

「バルンダル小天尉が使用者……?」

「えっと、王国の修復作業は複数人でやっているってこと、ですか?」

カリアの疑問にエルトラスが続けた。動きはややトロいが、頭の回転自体は速い。

「それが、今回実験が間に合った理由でもある。現状、王国は各部の修復・翻訳《ほんやく》を分担し並行して行う。まず文面を書き写しと写真で翻訳班に回し、一旦魔導書本体を再修復可能な範囲まで解体。そして多人数で修復する。もちろん、相互確認と連絡を取りながらだ」

「な、なるほどぉ……」

エルトラスが感心したように息を吐く。カリアも感ずるところはあった。

「確かに、それなら一人で全てをやる必要はない、か」

帝国に現状カリアしか魔導司書がいない理由は、各国古語や古代の書物に関わる様々な知識・技能含む古書修復技能、そして何より魔力持ちである事。魔導書の修復・運用が一任される魔導司書という役職の関係上、それらを全て兼ね揃《そろ》えているのがカリアのみだからだ。

（今、帝国はあたしみたいな技能者を育て始めたところだが……分担するなら、ハードルは下がる。単純な修復や翻訳《ほんやく》に限定するなら、魔力持ちである必要は無いもんな）

「だが、アレクサンドル殿のようなスペシャリストが必要ではないか、という意見は王国内にも無論ある。実際汝《なんじ》が現状、唯一の魔導書発動成功例なのだしな」思考を読んだかのように、ポロニアは言った。「だから奴等《やつら》の上の者たちもここで成功させて、自分たちのやり方を誇示しておきたいのだ。余としては、分担とスペシャリストの融合が理想なんだが」

カリアもそれには頷《うなず》いてみせる。双方に利点はある。

「タレーアは元々王都の貴族の娘だ。跡取りでは無いので比較的自由に学問をやっていたようでな。その知見と才を買って余が雇った」

それが魔導司書としての資質と条件にぴたりハマったという事だった。彼女を見るポロニアの視線には常より柔らかなものがある。

「は、始まりますね……」

見れば、荒野に一人立つタレーアが持つ魔導書が光を発していた。

「魔力を注いだんだ。起動は成功」

詠唱が始まる。魔導書はその書ごとに設定された呪文《じゅもん》を、魔力を通して繋《つな》がった使用者が唱えねば発動しない。その呪文を魔導書の中から翻訳し、見つけ出す事も魔導書運用の内だ。

『虚《うつ》ろの砲よ　偽《いつわ》りの躰《からだ》を装え』

魔力を伴い、魔導書と同調した声は、数十メルを隔ててもはっきりとカリアに聞こえた。

「大分今に近い王国語ですね」

「かつての宰相が、魔法が消える最後の時代に遺《のこ》した魔導書であるらしい」

近世の言語ならば、翻訳し詠唱部分を見つけ出す苦労は大幅に軽くなる。今回の実験に際し選ばれた理由でもあった。

『其《そ》は天衝き天測る鏡』

詠唱に応えて魔導書がさらに輝く。タレーアの上方に出現したのは、巨大な魔法陣だ。

カリアは息を呑《の》む。外側から魔導書の発動を見るのは初めてだ。

（たったあれだけの呪文でこの外界投影……魔導書に込められた魔力が如何《いか》にインチキかって話だな。そりゃ使い切ったらもう使えないはずだ。とても補充が出来ない）

逆に言えば、それはかつての時代には大量にあったはずの、低位中位の魔導書が残っていない理由でもあった。大量に魔力を蓄えていた最高位の魔導書でなくては、現代までその力を遺《のこ》せない。魔力が散逸してしまうのだ。

『遠き見透《みすか》すその眼こそ　彼方《かなた》貫く槍《やり》と知れ』

さらに。魔法陣から伸びるように砲身が現れた。あまりに巨大なそれは、実体弾を飛ばす代《しろ》物《もの》ではあり得ないと一目で分かる。

『光満ちよ　鏡の瞳よ　素晴らしき世界を見よ――』

ぴくり、とカリアの眉が動く。

(近世王国語……だよな。今の言語とそこまで変わるモンではないけど……えーと、あれ？)

光が強くなる。魔法陣の発光が、仮想大砲身へ流れていく。

『その代償に　滅びよ在れ　其《そ》の瞳が見たのだから！』

おおおお、と王国高官らからどよめきが走る。無理もない話で、人間社会から絶えて久しい大魔法の煌《きら》めきだ。

科学に依《よ》らず、物理に拠《よ》らず。

物の条理を覆《くつがえ》し、そこに術者の望むものを作り出す力。現在の人類の力では、このような大砲台を作る事も、それを宙に浮かす事も出来はしない。

（おそらくはその強度も。それで何を撃つための魔法だったんだ？　これは……）

その、瞬間だ。

仮想大砲身が形を変え始めた。ひたすらに長く大きかったそれが、縮みながら横へと広がり組み変わり、四方八方へ向けられた幾多の花弁の如《ごと》く変じていく。

機械の見た目である大砲台が、生物のようにその砲身を曲げ、捩《よじ》れ、組み換え、理外の動きを成している。魔力で構成されている何よりの証《あかし》だ。

だが変異の急激さは、まるで砲身が悶《もだ》えているかのようだった。

その異様さに、実験を行った派閥の軍高官が叫んだ。

「っ、なんだ！　何が起きている!?」

タレーアはそれを狼狽《うろた》えたように見上げている。意図された挙動でない事は明らかだった。

「まさか――――暴走？」

誰かのつぶやき。それに応えるように、光が花弁の各中心に灯《とも》り始める。

「ちっ……総員退避せ――」

「嫌な予感したと思ったよクソ！」

ポロニアですら事態の収束を諦めたところで、ただ一人。カリアだけが飛び出していた。

「カリアさんッ!?」

カリアは非戦闘員とは思えぬ俊足でタレーアの元へ至る。

「あ、アレクサンドルさん……これ、どうなっ」

タレーアの瞳が四方八方へと蠢《うごめ》いている。カリアには覚えがあった。魔導書同調による知覚拡張だ。今の彼女には、この周囲全ての情報が知覚されている。

「落ち着け！　意識を肉眼の視界に置け！」カリアはタレーアの肩を摑《つか》んで呼びかける。「そんで強制終了の呪文《じゅもん》があるはずだ！」

古代の法亜国の魔導書にもあった。『天墜《お》とす瞳』は近世、人間魔法の黄昏《たそがれ》であった時代に王国の最高権力者によって作られた魔導書。安全装置の発想はあるはずだった。

タレーアの恐怖に震える手を上から握り、カリアは『天墜とす瞳』のページをめくる。

(流れる魔力を探れ……全てを後から停《と》める強制力を秘めたページを)

巨大な花の形をした多砲塔と化した仮想砲台の光が強まっていく。

このまま発射に至れば、予定されていた範囲の外側——横に設置された仮設テント観覧席方向にも魔力砲撃が撒《ま》き散らされると、容易に想像出来る光景だった。

(何かを間違えたんだ。多少強引でも、魔導書の効果はその魔力の強大さで命令に沿っちまう)

　やがて、カリアは独立した魔力の集積ページを見出《みいだ》す。

「ここだっ！　読め！」

「あ……あ、でも、私っ」

「タ、い、い、タレーア！　その魔導書を今使ってるあんたが読まないと意味ないんだよ！　あたしの後に続けて読め！」

　恐慌一歩手前のタレーアを一喝《いっかつ》して、カリアは即座に書かれた文字列を把握し、発音と意味を頭で流す。齟齬《そご》無し。

「あの王子様ここで死なせていい人間じゃないだろ。覚悟決めろ」

「…………ッ」

　その言葉で、タレーアの瞳に理性と決意が戻る。頷《うなず》く。

「よし行くぞ。**『瞳は閉じて　世界も閉じる　滅びはまたの夜空に』**！」

「ひ……**『瞳は閉じて　世界も閉じる　滅びはまたの夜空に』**！」

　呪文に、最高潮に達しようとしていた光が脈動を止める。

（……寝ろ！　そのまま！）

　カリアが魔法陣を睨《にら》む。

　果たして、そのまま発光は弱まっていき——仮想砲塔が、そして魔法陣が姿を消していく。

「ふぃーどうにかなっ……あっ、ちょ、うわ！」

静かな終わりの代償というように、『天墜《お》とす瞳』へ幾重にも損傷が刻まれていく。脆《もろ》くなった部分や現代に修復された部分が、魔導書を通る膨大《ぼうだい》な魔力の流れに耐えきれないためだ。司書がどれほど、かつての姿に近づけようが。失われる事は防げないとでも言うように。

「まて、おい、ストップ！　クソ、クソッタ……げぇそこまでっ!?」

「な……なんとか、なった……？」

タレーアが——破損と同調するように半泣きになっていくカリアの横で——呟《つぶや》き、心底ほっとした表情で力を抜いた時だ。

「王子……！」

「無事か！」「カリアさん〜！」

ポロニアとエルトラスが、護衛が止めるのも構わずに駆けてきていた。

ぱっと顔を上げたタレーアが、ポロニアに肩を触れられる。

「バルンダル。其方《そなた》怪我《けが》は無いか。魔力の逆流などは？」

「あ、ありませんっ。アレクサンドル殿の指導で強制終了をかけました！」

それに、ポロニアはほっと息を一つ吐いて視線を移す。

「なるほど。では、その本人は……」

「ああああああああっ！」

その本人の。幼児でもここまでは、というような悲鳴が響き渡った。

「破れてる！　ここも！　ここも!?　ウッソだろ綴《と》じ紐《ひも》ほとんど全損じゃねーか！　綴じ直し甘かったんじゃねえの？　ぬおおおここの挿絵復元出来っかなこれぇ？」

「「「「…………………」」」」

護衛の兵も含め一同、『天墜とす瞳』を開いて嘆く女を「どうしよう」という感じで見る。

「あの～……カリアさん」

仕方なくエルトラスが呼びかける。それに、ぐわ、とカリアが振り向いた。

「ポロニア司令！　これ！　この本まだ直せますからね！　魔力も失ってないんで！　廃棄とか無しですよせっかく守ったんだから！」

「落ち着いて」「ちょっとやめてお願い」「なんて力だ！」「それヤバい代物《しろもの》なんですよ！」

取り付いた護衛の兵を肩や腰に引きずりながら、損傷した『天墜とす瞳』を持って必死に主張するカリア。

そもそもが王国の蔵書であるとか、そういった事が頭からすっ飛んでいる。

「……ふ、ぶふっ！　くははっ」

「王子？」

ポロニアが噴き出して、タレーアが目を丸くする。

「流石《さすが》はアリオスのお気に入りだ！　想像以上の人材だな、カリア＝アレクサンドル！　面白いぞ！　気に入った！　おい、これからは友の関係で良いぞ！　はっははははは！」

王族の高笑いが響く冬の空の下、カリアはちょっと我に返って腹心に問う。

「なんかやらかした？　あたし」

「けっこう」

エルトラスの嘆息が、荒野の風に吹かれていった。

CHARACTERS
カリア＝アレクサンドル
クレーオスター＝オリルダン
NOW OPEN
THE MAGIC LIBRARY
The Imperial 11th Frontline Base

二章

貴重書寄贈者への対応は丁寧に

『天墜《お》とす瞳』試射実験翌日。王国アルーダ基地図書館司書準備室。

カリアは眼鏡の奥の瞳を呆《あき》れに染めていた。

「つまり、大まかには誤訳ですよ」

「誤訳？　『天墜とす瞳』は近世王国語であろう。あり得るのか？」

朝から直で来ているのはポロニアだ。なんでわざわざ来ているのかと言えば、

「汝《なんじ》が何をしたのか気になって仕方ない！　友である余に聞かせよ」

である。いつ友になった。昨日ですって。ああそう。

護衛の兵隊さんが疲れたため息を吐《つ》いて、エルトラスがコーヒーを出していた。

「えーとですね、どう言ったらいいもんかな」そんなノリなのと、本人の許しもあったのでカリアの口調も大分砕けてきている。「同じ言葉でも時代で意味が変わるって、あるでしょ」

む、とポロニアが唸《うな》り、口元に手を当てる。

「魔導書は、詠唱してる人間の意志にも反応を示します。同調してるんで」

「待て。それ以上は余に考えさせよ。……ははあ、なるほど……となると『素晴らしき』か」

「多分、ですけどね」

「どういうことなんですか？」

お菓子を出してきたエルトラスの問いに、ポロニアがあえて王国語で答える。

「王国の『素晴らしい』という言葉は、今は『とても良い』とか『大変優れている』という意味だがな。語源の段階では『窄《すぼ》まる』という言葉だった。これは『狭くなる』『絞る』という意味だ。前者の意味になっていったのは近世以降だ」

あっ、とエルトラスが声を上げる。

「『天墜とす瞳』が書かれた後……なんですか？」

「そ。魔導書の記述としては範囲を『絞って』一直線に飛ばすのが本意なんだと思う。ビーム発射、ズバババーって」

カリアは腕を一直線に伸ばす。苦笑して、ポロニアが続けた。

「だが、翻訳《ほんやく》班とタレーアが現在の意味と認識したままで『素晴らしき』と詠唱したために──魔導書が暴走に近い誤作動を起こした。おそらくは『とても良い世界なのだから広く見よ』という具合か」

その場の一同が昨日の光景を思い出す。四方八方に向けられた多砲塔の如《ごと》き光景。

「肝冷やしましたよ、全く」

「だが、結果としては悪くなかったぞ、アレクサンドル」

疑問の表情で顔を上げるカリアに、ポロニアはにやりと笑った。

「研究成果を披露するどころか、外部の汝《なんじ》に助けられる始末だ。王国のみで魔導書運用をやりたい派閥の連中も、この先、汝のこの基地での活動に文句を付ける事は出来まいよ」

「と、いう事は？」

「予定の変更は無しだ。『天墜《お》とす瞳』も再修復が必要ゆえ教材に回す。来週──まあ明日だな。汝の魔導書修復と運用を思う存分叩《たた》き込んでやってくれ」

カリアは嘆息する。本が政治の道具になるのはあまり好みの展開では無いが、状況自体はマシになった。

「了解しました。元々そのつもりでしたしね。頼むよ、エルも」

「が、頑張りましょうね〜」

そう励まし合う帝国の二人を、ポロニアは微笑《ほほえ》んで見る。

（──簡単な時代情報のみで、外から見ていただけの魔導書に書かれた、外国語の意味の変移にいち早く気付く知識と勘。暴走を見て取るや即座に行動に移す胆力。初見の魔導書の緊急停止呪文《じゅもん》を即座に看破し、混乱するタレーアを正気に戻し指導して成功させる）

微笑みの質が静かに変わる。

（信じ難《がた》い化物だな。方向は違うが、我が友《アリオス》と同類だ。何をどうしたら一人の人間にそれだけ

の知と胆を詰め込める。……アレクサンドルを見出《みいだ》したのは第一皇女クレーオスター、という話だが……ハ、手ずから作ったか）

そんな存在をいち早く呼べた幸運を喜びつつ。基地司令は立ち上がる。

「朝から邪魔をしたな、アレクサンドル。今日はゆっくり休んでくれ」

王族の襲来という嵐を越えて、カリアとエルトラスはコーヒーでひと息入れる。

「朝から大変でしたねえ……」

「王子様の言う通り、これでやりやすくなるといっけども。……今日はどうするかなあ。見学でもするか？」

カリアが天井を向いた時だ。

「すいませーん」

声は、図書館側……カウンターの方でした。

「あの、すいませーん。人いるよな？」

む、と二人で視線を図書館側のドアへ向ける。

「あ、気付けば昼の大休止入ってんのか。カウンターに人いないのかな？」

「そういえばまだ誰も来てなかったですね。鍵はポロニア司令が来られた時開けましたけど」

客の身分で勝手はまずいか、とは思いつつも、

「すいませーん、あれー？」

カリアはカウンターからの声がどうにも無視出来ない。

「仕方ない……ちょっとだけ、ちょっとだけだから」

「カリアさん～、んもう」

共にドアを開ければ、カウンターの向こうには一人の王国兵がいる。相変わらず図書館の中に人はまばらだ。

「おお、いるじゃないか。貸出頼む」

そう言って本を差し出す王国兵の男は小天尉、タレーアと同じく士官だ。

（今日は係の人来てないんですかね？）

（んー、説明するのもめんどいしここは応対しちまおう）

（え、ええ～……）

エルトラスと相談（？）して、カリアは軽く笑う。

「はいはいオッケオッケ。貸出ね」

「おや、お姉さん見ない顔だな？」

「新入りでね。ちょっとここの貸出、システムどうやってるか聞いてもいい？」

さらりと聞くカリアに、王国兵は首を傾《かし》げつつ答える。

「システムと言ってもな……名前言って本出して、メモしてもらって持っていくだけだぞ」

ふむ、とカリアがカウンターを見回せば『貸出帳』と書かれたノートが目に入る。

小天尉に言われた通りの手順で貸出して、手を上げて去って行く彼を見送ったカリアは司書席に座って備品を物色しだした。

「カリアさん～。勝手にいじったらまずくないですか？」

「んー、登録カードすらないのか。貸出帳見るに、貴族出身の兵隊しか借りてない。だからこれで十分になってんだな」

個人情報保護もクソもないシステムだが、そういった事が重要視されるようになるのはこの世界においてあと百年は後だ。

「この基地の人員ってどれくらいでしたっけ？」

「確か全部で千二百人くらいって資料にあったな」

「そ、それで昼休憩にこの人入りですと……。うーん……」

どうにも少ない、というか圧倒的多数であるはずの平民出身の兵隊の利用が無い。

「利用料とかは、無いみたいですね」

「基地にわざわざ建てた図書館でんな事やってる奴《やつ》がいたらアホ以外無いね。王国の図書館文化って奴かなあ？　確かに帝国だって都市の図書館利用は富裕層と貴族が多いけども」

結局、しばらくしてから図書係が駆けつけて、カリアたちは引っ込んだ。

「それには、王国の図書館事情が絡《から》んでいる」

数時間後。朝の立場と入れ替わるように、カリアは司令室にいた。司令へのアポを頼むと、許可はすぐに下りた。それも本日中、ディナーにご招待だ。

なお、エルトラスは「おおお王子様と夕食会とか無理です〜！」とビビって欠席である。

「汝《なんじ》も食しながら話せ。非礼は問わん」ポロニアはエアン鹿肉のソテーを切り分けつつ「王国は早くに印刷技術が一般開放された故《ゆえ》、市井《しせい》の人間が使える本屋も三百年以上前にあった。だが、それと図書館の普及は別の話でな」

同じメニューをカリアも帝国式の作法を思い出しつつ口に運ぶ。帝国の正式なテーブルマナーでは、ナイフで切るものが割と厳格に決まっているのだが——多く使われる根菜は切らずに潰《つぶ》してフォークですくう、等——、

（王国だとそーゆーの無いんだっけな、本で読んだ知識だけど。というか、帝国に比べると卓に並ぶパンの種類が少ないね）

考え事しながら鹿肉を嚙《か》めば、臭みが全く無い上に柔らかくて目を丸くした。

「王国の図書館は、ひょっとして有料、もしくは登録料を払うのが一般的だったりしますかね」

「鋭い」

自嘲《じちょう》の笑みのポロニア。これは『臣民全てに知識を』を標榜《ひょうぼう》する帝国でも、一部はそうなっている。

「王立のしばし後、市井に建設するよう発布された図書館成立時の財源が各領地貴族の持ち出しだった。それ故の有料化が今でも後を引いている」

「それが、図書館の基本的な財源になってしまった、と」

ポロニアは表情を隠すようにワインを飲む。

「変えようとすれば当然市税国税となる。それが改革を妨げているわけだ。それ故に蔵書数も中々増えぬ。初めから全て税金でやるべきだった、などとは後から思えることでな」

なるほどなあ、とカリアはお肉をむぐむぐやりつつ考える。

(同じ役割の施設でも、国によって成立過程が異なるのはあるよなあ)

ちなみに帝国は二百年前の皇帝が本狂いで、なんと帝国全土の領地に最低ひとつ、税金での図書館建設を義務づけた。当時は散々な評判だったと伝わるが、今になってみれば助かっている。たとえそれが思いつきでかました強権ぶん回しの勅令だとしても。

(そしてあたしは大好き。クレオのひいひいひいひいお祖父《じい》ちゃん)

「だがこの基地図書館はそうでは無いぞ。帝国《おまえたち》を規範として建てたものだからな。財源は軍事費と寄付。利用は全兵士無料だ。破損には罰金を取るが」

「でも利用はやはり貴族階級出身者に留《とど》まっている」

「左様。平民出身兵の大半にはまず図書館利用の習慣が無い」

原因はそこだ。人間、それまでの習慣に無いものを取り入れる事には心理的障壁がある。それが自由であるなら尚の事だ。

（おまけに今現在使っている人らが貴族とくりゃ、そこに割って入れってのはなあ）

要するに、めんどくさいのだ。人ってそういうとこある。

「一応お聞きしますが。ここの兵隊さんたち、文字に興味無いって事は無いですよね」

「うむ。酒保《しゅほ》の新聞や雑誌は基本取り合いだな。回し読みもしておるようだが、需要には追い付いておらぬ」

そこは帝国と変わりが無いようだった。識字率が一定以上の近代軍隊の兵士——それも戦時中の——というものは、有り余る暇を潰《つぶ》すものを常に探している。

付け合わせのパスタをくるくるやって悩むカリアに、ポロニアは軽く笑う。

「食事の雑談として聞こうか。方策は？」

「策を講ずるにしても、まずは実施役としての専任の常駐ですかね。今って持ち回りですって？　帝国を規範にしといてそこが抜けてちゃマズいでしょう」

「箱と制度のみ作っても動かぬ、か。耳が痛いな。……一応の当たりは付けておる。して仮にだ。それが汝《なんじ》だとしたらどうする」

ポロニアの合図で、カリアのグラスに大変お高いワインが注がれる。飲まずにいられない。

「え～お～、うっま……ん～……現状を考えると、あんまり気は進みませんが、意識を変える必要があります」

「荒療治という事か。軍の任務自体に影響が出るようなものは困るぞ」

「んな事しませんよ。要は一人一冊強制で借りろと命令するんです」自分でも嫌だなあと思いつつ、手で切り分ける仕草をしつつ言う。「混雑するんで隊ごとに数日で分けて。それと同時に専任に利用講習もさせて」

「とりあえず使ってみろ、という訳か。何は無くとも『自分たちにも使える施設である』と認識させねばならぬと」

司令は意図をすぐさま理解してみせる。

「そーゆーことです。理由はどんなでも付けられるでしょう。帝国の成功例を踏襲し士気向上の実験施策を行う、とかなんとか」

王国士官のプライドを刺激しないように文言は考える必要があるにしても、そこはポロニアがどうとでも出来る範囲だ。

「それと、当面は曜日で隔離策も必要でしょう」

「貴族と平民で、か。それは……」

「気が進まない事その2ですけどね。おそらく、初めて図書館を使う兵たちの利用態度は、まずゴミです」

これにはポロニアもわずかに眉をひそめさせた。

「我が国の兵に対して、言ってくれるものだな全く。……ふん、言われて想像してみれば、否定はできんか」

「経験談ですもんで。ウチのも同じでしたよ。基本的に図書館が無料で一般開放されてる帝国でそれだったんです」

そもそもが、一般開放されていたとしても、兵隊になる前から図書館を使っている市民というのはそう多くは無い。まずは利用マナーから叩《たた》き込む必要がある。

「そんで大前提として折り込んでもらわないとならないのが、破損と紛失率の増加です。これは避けられません」

「道理だな。本の扱いのイロハも知らぬ利用者が増えるとなれば。廃棄となる破損や紛失は罰金を取るにしても——」

「それ以外は注意と貸出制限で済ますべきです。そんで現在の利用者である貴族出身士官の反発。これは時間的隔離をしたとしても出ます」

数秒、想像を巡らせてポロニアは認めた。

「現状自分たちだけの領域が平民に侵される訳だからな。当然あるか」

「もうそんなもん無いんですけどね。魔法消えて銃が主力になった時から。貴族に出来る事は平民でも出来ます。同じ教育さえすれば」

「王族の前でそれを言うかこの無礼者め！」言葉とは裏腹に、ポロニアの顔は笑っている。「だがその貴族にしか出来ぬ事の最前線におるのが汝《なんじ》だろう。カリア＝アレクサンドル」

そろそろ無礼を咎《とが》めようかな、という護衛兵の視線を感じながら、カリアは返す。

「それ嫌だからしなくていいようにしてんのがあたしですよ」

「そのために魔導書修復の講習か。矛盾――とは自身で分かっておるか。生きづらかろうに」

そこからさらに二、三の話を終えたところで、満足げにポロニアが口元を拭いた。

「ふむ……なるほど。上手《うま》く改革案は引き出せたな。礼を言おう。タダであるし」

「あ、ズッル」

いつの間にか書記をしていた護衛兵へ「要旨をまとめろ」と指示して、ポロニアはやや呆《あき》れたようにカリアへ向き直る。

「しかし、何故《なぜ》そこまで我が軍の図書館利用を気にする？　確かに帝国軍の図書館による士気維持の論文は見たが、他にも利点が？」

「あたしが司書だからですが？」

即答。目を丸くして数瞬停止するポロニアに構わず続ける。

「ろくに使われてない図書館ってのがどうにも気持ち悪いってだけですよ。利点とか言われても、せいぜいポロニア司令が知ってる事しか出ませんね」

「……汝の出向理由は魔導書修復の講師だ。この件に関わるならば予定外の手間になるぞ」

「空き時間完全に遊ぶよりは、まあ……。つか、ここは王国の基地でしょう。一人専任をあてるべきで、あたしはその人を補助す――」

ここまで言ったところで。カリアはにまりと笑ったポロニアに気付く。その高貴なかんばせはこう言っていた。

(言質《げんち》取った)

(しまったぁ!)

頭を抱える。うっかり図書館運営の手助けを約束してしまった。

「それならば問題無い。丁度いい人材がいるからな。入れ」

「失礼致します」

合図と共に司令室へ入ってくるのは、あの時以来の銀髪だ。

「バルンダル小天尉?」

呼ばれて、タレーアはカリアを見て笑顔を浮かべ歩いてくる。

「昨日は大変お世話になりました、アレクサンドルさん!」

きびきびとした動作はいつも通りだが、声音は弾むよう。

(というか、上機嫌?　昨日あんな事があったのに)

その謎の答えはすぐに、ポロニアから来た。

「試射実験の一件ですっかり汝《なんじ》に参ってしまったようでな」

「はっ!　昨日の立ち回り、まことに惚れ惚《ほ》れ《ぼ》いたしました!　私と貴重な魔導書を救っていただいた御恩、何としてもお返ししたく」

「というわけだ。余の直属であるし、配置についての便宜《べんぎ》をはかってやる。仲良くやるが良い」

何のことは無い。この司令はカリアの反応を読み切り、司書候補まで既に用意していたのだ。

「勇者《アリオス》の親友っていうの、今しっかり理解しましたよ」

「そこは流石《さすが》王族と言わんか。まあ褒め言葉と受け取っておこう」

褒めてねえし、と心で毒づいて、カリアはタレーアに向き直った。

「あー、えーと……よろしくね。こういう次第だし、あたしの事はカリアで良い。あたしもタレーアって呼ぶから」

「はっ！　是非御指導御鞭撻《ごべんたつ》のほど、よろしくお願いいたします！　カリアさん！」

きらきらとした目で敬礼してくるタレーアである。

とはいえ、カリアの主任務が魔導書運用の研修講師であるという事は変わらない。魔導書修復の研修も会議用の大部屋で行われるため、何もかも図書館を拠点として動く事となる。

翌日。研修参加者が基地図書館の講堂に集まっていた。その数、およそ三十人。

開始までの時間、カリアがざっと顔ぶれを見回して呟《つぶや》く。

参加者の中には、先日ポロニアから名前を聞いた『カリアら帝国からの技術指導を忌避《きひ》する派閥』の疑いがある者として、セヴァン小天尉、クルネア中天尉の姿もある。カメリー大天尉は参加ではなく視察だ。

「それと～、兵士じゃなさそうなのも結構多いね」

「わ、割合としてはアルーダ基地とその他からの出向者で半々、だそうです。他の連合加盟国の人も来てるとか……」名簿を見ながらエルトラスが答え、「あっ、タレーアさんもいますね」

エルトラスは直前の打ち合わせで経緯を聞かされ、タレーアとも名前で呼び合うようになっている。潤滑油としてカリアの話題が使われた事は想像に難《かた》くない。

（さ～～て、ガラでもねえ事しなきゃなあ……）

カリアは緊張している自分を自覚しながら肩をごきごき鳴らす。そもそも、他人への教導など考えた事も無かった人生だ。

（でも、ここの仕事が後の魔導書運用に影響を与えるってんなら、あたしも覚悟を決めにゃならないな）

「では、これより講義をしていただく帝国軍特務千剣長、カリア＝アレクサンドル氏です」

本人も研修参加者でありながら、事務進行役を買って出てくれたタレーアの声に応え、カリアは壇上に上がる。

「あれが帝国の」「初の魔導書運用者か」「魔族の一軍を消し去ったとか」「本当に女だ」『雷と呪いの魔女』……」

ざわめきにちょっと引っかかりながら（なんだ魔女って）、カリアは口を開いた。

「紹介にあずかったカリア＝アレクサンドルです」

声に、場へ緊張と静寂が走る。明らかな畏怖《いふ》がそこにあった。

向けられた感情に、カリアは王国に来る前、テルプシラから言われた事を思い出していた。


「カリア、君はここの人間と、余所《よそ》の人間からの認識の差異を覚悟しておいた方が良い」

「なんです司令？　差異って」

「私たちは君の素の姿を知っているがね。外から見れば、君は新兵器を独力で実用化し、使って三千近い数の魔族を葬《ほうむ》った、規格外の戦果を挙げた軍人という事だ。君の自認がどうあれな」

「……む」

カリアにも、心当たりはあった。それは、帝国軍第十一前線基地への新たな増員兵たちからも見受けられた事だ。

「単身で挙げた戦果で言えば勇者以上。圧倒的過ぎる功績は他人の目に映る君を、実像からどうしても歪《ゆが》ませる。良い方へも、悪い方へもな」


友人としての忠告だ――そう、テルプシラは言っていた。

「本日から三か月、皆さんに魔導書修復とその運用について講義をさせていただきます」

そんなカリアの挨拶にも、軽く緊張が走っている空気を感じ取る。仕方ない、と用意していた言葉を前倒しにする。

「まずお伝えします。自分は魔導書なんて使わないに越した事は無いと思っています」

タレーア含め、見学に来ていたポロニア、そしてカメリーら王国士官も、予定に無いカリアの発言に視線を向ける。

ついでにエルトラスも（ええ〜何言い出すんですかカリアさん〜）という顔をしている。

「これは、現状唯一魔導書を兵器として使った者としての感想です。持ってて威嚇《いかく》するのが丁度良い。魔王雷を封じる役目も含め、それが一番被害を少なくすると考えています」

言い切る。実際に検証した訳では無い。出来るほどの材料がまだこの世に存在しない。

しかし――言う。

「そのために、稼働可能な魔導書を、扱える魔導司書を増やす。矛盾しているかも知れませんが、必要な事です。皆さんがそれを可能にすればするだけ、魔王軍がビビる。貴方《あなた》がたは魔王軍を脅迫する銃口になれる。そう思って励んでください」

帝国における魔導書運用規則。『現場における運用判断は魔導司書に一任される』。王国でそれは、おそらく採用はされない。

帝国皇女クレーオスターにより、友人《カリア》を守るため事前に入れ込まれた規則。そもそもこれは、軍部も魔導書の効果をまるで信用していなかった時期だからこそ通ったものだ。おまけに、クレーオスターによるカリアへの個人的信用の側面もまた大だ。

無論、魔導書の絶大な力が証明された今となっては、帝国においても異論が出ている。

（国家としちゃ、巨大な力が一個人の意志によって左右される事は避けたいに決まってる。それは帝国も同じ）

それ故《ゆえ》に、王国が同じ規則を作る可能性はまず無い。

（だから、せめて。この一番初めに伝えておく。これから先、『強大な兵器』として扱われるようになる魔導書の運用知識が広がっていく、この最初の一歩で）

そこには何の強制力も無い。

だが、テルプシラも危惧《きぐ》したカリア自身の圧倒的過ぎる戦果。他人が勝手に彼女に見る、錯覚の偉大さを利用して。

その効果は——参加者を見回す中、半々とカリアは感じた。反発を覚えた者もいるだろう。ポロニアに名を呼ばれていた士官——セヴァン小天尉などは、露骨に眉をひそめていた。

「ともあれ。自分が魔導司書としての総合的講義を行うのには変わりありません。では、始めます。まずは魔導書に必要とされる修復のあり方から——」

その日は二時間の講義を、昼食を挟んで四回、魔導書の広範な知識と修復の種類、重要性について話して終わった。

「あ〜〜〜、喋《しゃべ》り疲れた……喉がガラッガラ」

「お疲れさまでした、カリアさん……」

合わせて八時間の長丁場だ。助手として資料を準備・配付したり進行補佐したりしていたエルトラスもお疲れ気味である。

「早めに実習入りたかったからね。概説はさっさと終わらせたかった。……にしても急ぎすぎたかな」

「しょ、正直わたしが生徒だったら頭ぐるぐるだったでしょうけど……、講義に来てる人たちも優秀って話ですから」

実際、参加者は元々王国の魔導書運用に関わっていた士官の他、専門教育を受け選ばれた王国の司書、他連合国家の選抜者もいる。優秀さは折り紙付きと言えた。

「でも～、カリアさんあんな事言って良かったんですか？」

と、コーヒーを淹《い》れつつエルトラスが聞くのはカリアがぶち上げた講義最初の発言だ。

魔導書は使わない方が良い。持ってて脅《おど》しにするのが丁度良い。

「あははは、わかんない！」

「ええ～」

眉を思い切りハの字にするエルトラスに苦笑して、カリアは後頭部をかき回した。

「根拠の無い話じゃないんだよ。確かに、魔導書を次々戦線に投入して使いまくって一気にカタを付ける……って考え方も出来なくはない。あたしは嫌だけど」

エルトラスがごくりと息を呑《の》む。その代償として、魔王雷が再開する。魔導技師の守りが無ければ、三か月ごとに主要都市や基地が消え去る危機を孕《はら》んで。

「でも協定締結前の時点で、連合国の魔導技師隊は限界に来てた。あと何度か魔王雷が飛んでたら、全体が瓦解《がかい》してた可能性が高い」

エルトラスの想像を待って、カリアは続ける。

「魔導書を魔王雷の抑えに使わないなら、魔王雷で連合国家が滅ぶのが先か、粗い修復して暴走の危険性がある魔導書を次々投入して魔王軍を滅ぼすのが先か、の大量殺戮《さつりく》競争になる。……まァ、想像したか無いね」

「た、確かに……」

顔色を悪くして口元を押さえるエルトラスだ。カリアはコーヒーを飲み干す。

「魔導技師の損耗が一番激しいのが王国だ。だから魔導書を抑止力に使う協定にも賛成してくれた。一応ね、あたしも相手選んでぶち上げてるんだよ？」

エルトラスの視線は疑わしげだったが、それはともかく。ごきごきと背骨を鳴らしつつカリアは立ち上がった。

「そろそろ夕の大休止か。ちょっと図書館見てくるかな」

カリアがポロニアに話した基地図書館の改革案。その内のひとつである『兵隊全員一冊貸出』の通達は、今日から行われているはずだ。カリアは足をカウンターへと向ける。

館内は兵隊でごった返していた。

「か、カリアさん！」

カウンターに殺到する大勢の王国兵にてんてこ舞いになっていたタレーアが、慌てたように振り返る。

「何コレ。日と時間分けて来るって話じゃ……」と言いかけて、カリアは察する。

普段図書館を使わぬ平民出身の一般兵たちが『とにかく一冊借りてこい』と命じられて、指定された時間をきちんと守るか？　という話だ。

（くそ、各隊の通達にしてもらうべきだったか？　いやそれも士官にいらん面倒をかける事になるか）

後悔が湧いてくるが、今更考えても仕方が無い。

「エル！」

「は、は〜い」

カリアはエルトラスと共に、腕をまくりタレーアの横に並ぶ。驚く彼女に片目をつむって、

「はーい三列になって！　図書館は静粛に使えオラ！」一喝《いっかつ》し、左右に告げる。「とりあえず名前とタイトルだけ書かせて。それで後からカード作ろう」

「おい、あれ誰だ」「帝国軍の軍服だろあれ？」

突如《とつじょ》現れた帝国軍の士官に、研修と関係の無い王国兵たちは面食らい、その喧騒《けんそう》がやや収まる。その隙《すき》を突いて、カリアはさらにぶち上げた。

「あたしはポロニア司令に頼まれてやってきた指導員だ！　規約の違反者にはビシバシいくぞ！」

（い、いいんですかカリアさん～）

（嘘《うそ》は言ってない！　事後承諾取る！）

しばらく離れていた日常業務に、ふつふつと滾《たぎ》るものを感じつつ、カリアはこれもポロニアの狙い通りなのだろうと感じていた。


一時間後。閑散とした図書館カウンター内の椅子で、三人がぐでっとなっていた。

「……ごめんねタレーアさん。講義で疲れてるとこに」

「い、いえ……カリアさんもエルさんも同じですし」

「ふえ～………」

最早《もはや》言葉も無く目を回しているエルを撫《な》でつつ、カリアはタレーアを労《ねぎら》う。

「随分と騒がしかったですな。全く平民はこれだから」

迷惑そうにそう言って本を差し出したのは、無論貴族出の大天尉――帝国で言えば千剣長――だ。その顔に、カリアは気付く。

（カメリーっつったか。現状に反対する派閥の可能性がある士官）

その名と顔は、先の研修の場にもいた。しっかりカリアを見ているという事だ。

「悪いがこれからはいつもですよ。曜日で分けるしマナーは叩《たた》き込んでいきますんで」

記録を取るタレーアの横でカリアが言えば、大天尉は嫌そうな顔で本を受け取る。

「帝国式、というやつですか。やれやれ、平民が知識を溜《た》め込んでもろくな事は無いと思いますがね」

そう言って去るカメリーに、エルトラスが頬を膨《ふく》らませている。

「おおよしよし、よく我慢したねエル」

「う～。お、王国だって平民の学者さんたくさんいるのに」

申し訳なさげにタレーアが謝罪する。

「すいません。王国貴族は自分たちの責務を重視する者が多く……」

「貴族の責務《ノブレスオブリージュ》ってやつか」呟《つぶや》いて、カリアはタレーアを見た。「魔導書の使用者にも、それが影響してる？」

差し込まれて、タレーアは一瞬息を詰める。

「――はい。講義には平民出身の者も参加していますが、魔導書の使用者……魔導司書に選ばれる事は無いでしょう」

「そう、なんですか？」

「王国軍の言い分としちゃ、ある種の優しさなんだろうけどね。発動すれば大量の命を左右する兵器の責任を、平民に課す訳にはいかないって理屈」

帝国軍にも、そういった意識が全くないとは言えない。未《いま》だに百剣長以上の士官は貴族出身者が大半だし、そういうカリア自身も貴族の出だ。

「こーゆーのは一朝一夕には変わらない。何か出来るとすりゃ、まず足元のここからさ」

カリアがつま先で図書館の床を叩《たた》く。それに、タレーアとエルトラスも力強く頷《うなず》いた。

「「はいっ」」

「まずはカード作りだけどね……ひとつ頑張ろーか」

「「はぁい……」」

百人を軽く超える貸出記録の束を前に、三人は力なく拳を振り上げた。

◇

アルーダ基地の役割は複数ある。まずは現在カリアもその一端を担《にな》っているように新兵器や戦術の試験運用拠点。他には、前線への物資中継点としての役割もある。

今も、アルーダ基地の門には荷を満載した車両や馬車が続々と到着していた。

「これらはケイアン盆地へ?」「そうです。食糧と嗜好品《しこうひん》ですね。休憩と積み替えで。おい！アルーダのと混ぜんなよ！」

現在数か月にわたって、万を超える王国軍と魔王軍が睨《にら》み合うケイアン盆地。当然その兵站《へいたん》は大規模であり、アルーダ基地の他にも数か所を中継点として食糧その他が送られている。

「アシが早いのは車に積み替えてさっさと送れ。乾パンは？」「飼葉《かいば》どこっすかあ」「おい、そりゃ雑誌だけど図書館じゃねえ。前線の兵士用」

兵站部《へいたんぶ》の兵たちが忙しく立ち回っている。

（万を超える兵が消費する食糧、水、そして弾薬と燃料。戦争とは消費の究極だ。そして、何も生む事は無い。この膨大《ぼうだい》な物資の負担はそのまま民へ向かう）

それを司令室の大窓から眼下に眺めてから、ポロニアは輸送部隊の中天尉へと向き直った。

「任務ご苦労。わずかな間だが休息してから行ってくれ」

「はっ。殿下のご厚情、ありがたく」

「部隊の休息は余がどうこうではないだろうに」王族への礼を取る中天尉にポロニアは苦笑する。「ヨギト天右にはよろしく伝えてくれ。ケイアン盆地にはいずれ余も参陣する」

王国では大天尉より上、帝国においては万剣長に位置する階級には、天に前後左右のいずれかが付いた階級が相当する。これは王国が主に信仰する祖神の側近に由来し、方向は役職によって異なる。

「了解いたしました。殿下がいらしてくださるならば、兵の士気も高まるかと」

再び敬礼して辞す中天尉を見送って、ポロニアは図書館の方向へ目をやった。

「いずれ、か。さて、間に合わせてくれるかどうか」

◇

翌日から、カリアのアルーダ基地における仕事が本格的に始まった。基本的には日中に実習をし、夕方にはタレーアと共に図書館業務にあたる。図書館は専任となったタレーアを中心に、ほか二名で行っている。

「メインは三人ですか。うちよりは基地の人数が少ないから、これで回るんですね」

「最初の強制一冊を乗り越えたら、しばらくは余裕出ると思う。後はマナー研修だね」

これについてはポロニアが協力を申し出て、彼の命により利用のしおりが作られ提供された。外様《とざま》のカリアでは大量の印刷物を作る事は——実習や講義に必要な資料を除けば——難しいので、かなり助かっていた。

「利用規則は辛抱強く取り締まりながら浸透を待つしかないとして、後は図書係のエキスパート化。貴方《あなた》たちには直接あたしとエルトラスが指導する。取り締まる側が規則知らないじゃ話になんないからね」

タレーアは嬉しそうに、ほか二人の男性王国兵は緊張気味に王国式敬礼を返す。

「よろしくお願いします」「……恐縮です」

小太りで口ひげをたくわえた壮年の事務方と、長めの前髪をした長身のいかにも戦闘員といった感じの青年だ。

幸運だったのは、壮年の方、テルモという兵が元々王国の町で貸本屋経営をしていた人物であった事だ。

貸本屋はその名の通り、本を有料で貸し出す商売だ。図書館とは商売敵のように見えるが、帝国においては、貸本は大衆小説や漫画が主となる事で差別化を図っている。

（図書館利用が一般に広まってない王国だと、書店並に需要はあるはずだけども）

「町が魔王雷にやられちまいまして。命からがら逃げはしたんですが食い詰めて兵隊です」

思い切り物理的な理由だった。カリアは深く同情する。

「そいつは……苦労したね。でも今はめちゃくちゃ助かるわ」

元々客商売の人間だ。図書館ならではのノウハウさえ教えてしまえば、タレーアを補佐するには充分である。

タレーア自身はどうかといえば、カリアが短い間見た限りであっても、

（優秀としか言いようがねえ……何教えても即吸収するな。真綿か）

元々博物館の学芸員資格も持っていたという彼女は、古物の扱いの基礎は出来ている。それは絵画や古文書なども含むからだ。おまけに、知識に貪欲《どんよく》。

（学術的なものだけじゃない。図書の修復作業に伴う分野からは飛び越えた知識でも、無差別に取り込む。実技も然《しか》りだ。雑食タイプの天才か）

これならば『一人で魔導書運用の全てを賄《まかな》えるスペシャリスト』に達する事も可能かも知れ

ない、そうカリアをして思わせる才覚だ。

「おそらく、この性質含みであたしに回したな、ポロニア司令……見る目は確かってワケか」


そんなある日。カリアは司令室に朝から呼び出された。

「今日は研修が休みだったな。汝《なんじ》、時間はあるか？」

「あんま無いですよ。……でも、呼び出された時点で断れないやつでしょう？　これ」

王族相手に不遜《ふそん》極まる態度だが、前回の魔導書実験以降、ポロニアはカリアに対し一切の遠慮無用と言って聞かない。

「正確には汝なら断らんだろうなというやつだな……研修は順調か？」

あからさまに話をずらしたポロニアに、ろくでもない予感を感じつつカリアは答える。

「講義を特急で終えられたんで、次から修復実習に入りますよ。……でも良いんですか、教材に『天墜《お》とす瞳』使って」

「構わんさ。どうせ直さねばならん。それならば汝に任せて教材にもすれば一石二鳥だ。修復の実習には主に古書を使うのだったな？」

当たり前の話だが、実習全てに実際の魔導書を使うには数が足りない。

「はい。どれが魔導書かは伏せて。やる作業はほぼ同一ですし」

自分が魔導書を直しているかも知れないという緊張感を持たせるためだ。研修参加者には魔力持ち以外も多いが、魔力の接続を伴う作業以外では、魔導書か単なる古書かは分からない。

返答に、満足げにポロニアは頷《うなず》いた。

「うむ。では教材として使える魔導書はあればあるほど良いという訳だ」

「そりゃそうですが……なんか企《たくら》んでます？」

「企んでおらん。もう実行の段階ゆえな」

しれっと言って、彼は背後の大窓に顔を向けた。

「この基地から北へ五キルほど行った場所に小さな集落がある。そこの家が一冊、魔導書を所持しているらしくてな」

大きな魔力がこもった魔導書を、個人が保存している。相当に珍しいケースと言えた。

「……どういう家なんです？」

「何という事はない平民だ。ただ二代前が結構な収集家であったようだな。地下に書庫を持っておる。その中の一冊だ」

「まさか」

嫌な予感はここに行き着いた。カリアは顔をしかめるが、ポロニアは顔色ひとつ変えない。

「無論、接収する。王国では先月より制定された法により、魔導書における個人の所有権は制限される」

司書の渋面が深くなった。窓に映るそれを見ていない訳もないが、王子は続けた。

「通達は出したが返事が無いのでな。人を遣《や》る。汝《なんじ》も可能であれば同行し、その魔導書を検分して欲しい。魔導書修復研修への利用も許可する」

可能であれば、などと言いつつも。それをカリアが断る事も、見て見ぬ振りも出来ないと、ポロニアはこの短い期間で既に見抜いていた。

長い嘆息。

「…………っかりましたよ」

続いた「これだから王族皇族ってのは」という呟《つぶや》きは、ポロニアも聞かない振りをした。

その集落は、村というにも小規模なものだ。農業と羊、自給自足を絵に描いた生活をしているようだった。

カリアに同行するのは、タレーアと他には護衛の王国兵——おそらくは実力行使も兼ねる——がふたり。こういった仕事も任されるあたり、ポロニアから彼女はやはり側近の如《ごと》く扱われていると推測出来た。

「どこからそんなに本を集めたんだろ」

馬上のカリアの呟きに答えるのは、同じく馬上の人であるタレーアだ。

「学者であったようですよ。平民ながら、王都の大学で教鞭《きょうべん》を取った事もあったとか」

へえ、とカリアは感心する。並大抵の努力で出来る事では無い。

（んでそんな人が集めた本を取り上げちゃうのか～……）

司書である以前に一介の本好きとして、カリアはどうにも気が重い。が、その重さは馬には伝わらない。馬の進みは容赦なく、件《くだん》の家へと到着する。

カリアの内心の懊悩《おうのう》は、公の空気をまとったタレーアの問いで終わった。

「故ワラリアード氏の自宅はこちらか。私はバルンダル。王国軍小天尉である」

「…………何の、御用でしょうか、軍人さん方」

カリアたちを出迎えたのは、眼鏡をかけた十代前半という頃合いの牧童だった。

「と──とぼけるな。通達は来ているはずだ、王国民ワイアス。畏《おそ》れ多くも、王が敷いた法に……則《のっと》った、命である。速やかに保有する魔導書を供出せよ」

馬上からタレーアがつっかえつつも高圧的に告げる。貴族かつ軍士官である彼女が平民に取る態度としては当たり前のものだが、カリアはどうにも居心地が悪い。

「…………………」

ワイアスと呼ばれた少年は、下を向いて黙り込んでしまう。

（──それしかないよなぁ）

カリアは苦く理解する。法の下で行われる軍の徴発に逆らえば、下手をすれば罪に問われる。抗弁するにも貴族と平民だ。結果、取れる反抗は沈黙しか無い。

「…………………」

タレーアの態度には迷いがあった。そして、立場からすれば驚くほどに辛抱強く待った。それでも、沈黙が一分以上続いた時点で嘆息をひとつ。手を上げる。

「んん……これより強せ――」

「よっと」

彼女の言葉を遮る形で、カリアは馬から降りた。

「えっ」「アレクサンドル殿！」

タレーアの驚きの視線と、王国兵の声。それにカリアはひらひら手を振った。

「あたしは帝国の人間だからさ。極論すりゃ彼と身分の差は無い」

詭弁《きべん》も良いところだが、呑《の》んでもらう。カリアとてタレーアの立場は分かる。身分に加え、軍人として部下もいる手前、今よりへりくだる態度は彼女には取れない。

（あたしだって帝国の中だったらこれは出来ない……多分ね、多分）

苦笑する思いで、カリアはワイアスの前まで歩く。

「な……なんですか」

困惑をそのまま表情にしたような少年の顔を見る。思い出すのは、かつての帝国第十一基地にいた、ひとりの少年兵だ。

（あたしが魔導書の力を証明した。それによって連合国家は魔導書の確保に血道を上げる事になった。その末がここだ）

責任がカリアにあるかどうかで言えば、ありはしない。接収の方針を決めたのは王国だ。

（でも、因果はある）

もう一歩前に出て、彼女は跪《ひざまず》いた。視線を少年に合わせて正面に向かい合う。

「っ」

「約束する、ワイアス殿」

父祖の遺産を守らんと軍人に立ち塞《ふさ》がった。そんなワイアスへカリアは言った。

「貴方《あなた》の瞳には勇がある。それに敬意を表し、我々は貴方の御祖父の遺産たる魔導書を、お預けいただけるならば必ずや無碍《むげ》には扱わない。今以上の状態に修復もしてみせる」

「え………」

「あたしは司書だ。書を司るのが仕事です」

ワイアスの瞳が揺れた。それは、魔導書の状態がさほど良くない事も関係するだろう。

（当然だ。普通の民家じゃ、補修もままならないだろうし）

ここが機だ。カリアはタレーアたちに振り返って問う。

「今回の魔導書の所有権制限、終戦か休戦になったら解除されるとか規定ある？」

「えっ――んん、届け出と危険物保存の許可は要るし、国家への寄贈保管も勧めはするが、適切な保存が可能と判断される場合、返還を希望するならば戻される……予定だ」

実際には稼働出来ないようにする処置など、複数の手順はあるだろうがタレーアもカリアの意を汲《く》んで即答した。カリアは頷《うなず》く。

「今、魔導書は抑止力扱いで、戦争に使われるとは限らない。キレーにして戦争終わったら返すんで、一時、貸してもらえないかな」

再び、目を合わせて頼み込む。ワイアスは眼鏡の下の瞳を閉じた。

十秒ほどの沈思黙考。やがて、彼は目を開いた。

「……分かりました。持ってきますので、待っててください」

そうして家に入っていく。はぁ、と護衛の王国兵が疲れたように息を吐いた。

――――どうか、祖父の本をよろしくお願いします。

そう言ってワイアスより渡された魔導書は、巻物型だった。

「こりゃダントツで古いな……収蔵されるとしたら博物館側だよ。本とはまた勝手が違うし、実習には見本で使いつつあたしが修復した方がいいか。司令に聞ーてみよ」

馬上でカリアは魔導書の巻物を眺める。羊皮紙で構成された本体も相当だが、軸棒も傷みがあり、扱いを間違うと分解しそうなほどだ。

「カリアさん。先ほどは助かりましたが……その、ああいった事は――」

そんな彼女の横に馬を並べかけて、苦笑するのはタレーアだ。

「あー、やー、あはは。……その、勝手してごめんね、ほんと」

流石《さすが》のカリアもしおらしく謝る。彼女はあくまでも他国の軍人だ。王国内の問題に関わる事は良くない。事によればクレーオスターにも迷惑がかかる。

「……カリアさんは本当に、本がお好きなんですね」

そう言うタレーアの表情にあるのは、純粋な驚きだ。

彼女にとっては、カリアの本に対する執着、もしくは庇護欲とも言える態度は自身の中には無いものであった。

「そっちもそういうの、無いの？　博物学やってたって司令が言ってたけど」

「お聞きになっていたのですか。浅学を露呈しお恥ずかしい……そうですね。好き、というよりは好奇心、でしょうか」タレーアは、当時を思い返すように宙を見る。「何か見つけると、納得いくまで調べないと気が済まないというか……そんな子供だったんですよ、私。そのまま育って、両親の計らいで大学も出て――」

そこで、彼女は言葉を止めた。何がしかの記憶に触れたように。

「――それで、殿下に」

そう繋《つな》げたタレーアの表情には、ひとつの感情では言い表せない様々な色があった。

（もしかして、ポロニア王子とは……いや、こりゃ下衆《げす》の勘ぐりって奴《やつ》だな）

それはさておき、カリアにとっても、これまで彼女に感じていた性質とそう離れていない。

ひとつ疑問を返す。

「それで軍人に？　大分離れたんじゃないの、それ」

「基本的にはポロニア司令が参照する本のようなものです、私は。学業を続けて良いという代わりに側付《そばづ》きに。……そして今は、新たな未知の塊を下さいました」

「魔導書、って事か。修復とかはめんどくさくないの？」

「新たな未知に対し、知識と技術を身に付けていく事が楽しいのです。古語をやっていたのもそんな理由ですね」

潑剌《はつらつ》として答えるタレーアだ……が、突如《とつじょ》かくんと肩を落とす。

「そのくせ先日は無様を晒《さら》してしまいましたが」

試射実験の事を言っていると察して、カリアは笑う。

「言葉はね、勉強してない分野は仕方ないって。講義でその辺も扱うから、一緒にやろう」

「はい！」

笑顔で答える彼女は、十代の少女のように純粋だった。

CHARACTERS
ポロニア＝ア＝
エアンヘアール
タレーア＝ル＝
バルンダル
NOW
OPEN
THE MAGIC
LIBRARY
The Imperial 11th
Frontline
Base

間章

ケイアン盆地前線魔王軍の思惑

アルーダ基地より十数キル彼方《かなた》のケイアン盆地前線——の、さらに向こう、魔王軍陣地。

「準備は良いか。お前たちの任務は極めて重要だ」

その中のとあるテント内で太い声がする。

「近く我らが軍は王国軍と衝突する。その勝敗に拘《かかわ》らず、お前たちは敵陣の中深くへ到らねばならない」

指示する魔族の声以外、テントの中は静まりかえっている。これは、魔王軍の規律からすれば異様な事と言えた。

「——この命令はこの場限りのものだ。外に漏《も》らす事は許されん。貴様らは陣地全体より突破力に重点を置いた者たちを集めている。自身を魔王軍の槍《やり》、その穂先と心得よ」

魔王軍は多種多様な種族による混成軍だ。それはとりもなおさず兵たちに多様な食性、適性活動時間、住環境があるという事であり、士気の維持や統制には多大な労力を伴い、一定する事が難しい。

「何があろうが、ただ一騎になろうが人類の防衛戦を突破し、アルーダ基地へ至れ」

これは、彼らにとってこの作戦が己の目的意識と完全に一致している事を示していた。

「目的を果たせ」

そして。魔族がそうなった場合の作戦遂行《すいこう》能力は、人間のそれを遥《はる》かに上回る。

「人間の『魔法』――それをもたらす忌《い》まわしき兵器『魔導書』を奪取するのだ」


グテンヴェルという魔王軍の将がいる。彼は前年に手痛い敗北を喫したが、それでもなお罪や降格を被《かぶ》る事無く、今は別地で指揮を執っている。

その理由は、連合軍側の魔導書による攻撃を魔王軍で初めて受け、その詳細な報告を魔王軍へもたらしたためだ。

魔王だけが唯一行使していた、一撃で一軍を、基地を、町を滅ぼしうる『魔法』という力。

それを人間側が手に入れたのだ。

この早急に対処せねばならない兵器に対し、グテンヴェルは魔王の『魔法』――魔王雷の封印と引き替えにするという策を魔王へ献じる事でそれを封じた。

『大規模破壊魔法の戦争使用禁止協定』――軍隊や基地、人口密集地への魔王雷並びに魔導書の直接使用を禁ずる。

連合軍と交わされたこの協定は、魔王軍内にとって異論もある方針ではあるが、脅威に対しいち早く対処した事は事実だ。

そしてそれは、魔王軍の前線兵たちにとっては恩義として受け止められている。

「戦《いくさ》にもならず吹き飛ばされるのは誉《ほまれ》も無き死だ」

そう考える前線の魔物たちは多い。彼らにとって、魔導書は忌《い》まわしき存在である。

今、王国のアルーダ近隣前線で話されていた作戦は『敵の魔導書を奪うのであれば、協定の違反にはならないのではないか』という理屈だ。

カリア＝アレクサンドル。

それは、魔導書を忌避《きひ》する魔族たちにとっては不倶戴天《ふぐたいてん》の敵の名である。

CHARACTERS
ポリュム＝
ホルトライ
アリオス
NOW
OPEN
THE MAGIC
LIBRARY
The Imperial 11th
Frontline
Base

三章

館内に馬とか槍とか持ち込むな

アルーダ基地より、今度は遙《はる》か西。大陸南中央部、王国の王都エイアルド。

その中心に、王城はある。王室は政治の中心を半世紀近くも前に議会へと譲り渡し、民衆をも含めた選挙により議員が選ばれるようになった。立法や行政を担《にな》う議長や首相は、投票の後、形式的にではあるが王が任命する。

しかし、今も王族と貴族は軍に対し強い勢力を保っている。ポロニアの父でもあるエンドルア王の治世では、今回の戦争が始まった最初期に王都が魔王雷を受けた。

その時、忘れ去られていた国の礎石——超大型の魔石だ——が発揮した結界により王都は壊滅を免れ、王は即座に、王家の至宝である礎石の構造研究を指示。結成されたばかりの連合国に技術を開放した。その結果、魔導具と呼ばれる兵器が誕生した。

魔王雷を唯一防げる魔導技師隊は、王のこの判断により誕生したといっても良く、連合国全てから賞賛を受けている。

その、賢王エンドルアだが。

「参ったなあ……」

執務室にて、難しい顔で頭を捻《ひね》っていた。

「魔導書の件ですか、胃弱の我が王」

側近――というにはあまりにも不似合いな、道化の格好をした痩軀《そうく》の男とも女ともつかない人物が、机に肘を乗せて聞く。

「それだ。我が国へ帝国より差した一条の光」

「うちの魔導技師隊、直前に一つ壊滅しましたもんね」

歯に衣着せぬ道化に、王様は嘆息。

「……まあ、そうだ。魔法協定。あれはどうしても必要だった」

そしてこの先も、維持し続ける。そういう方針を王国、ひいては連合国も取っている。

「帝国式のあれ、嫌がってる人らがいるんですっけ？　王国内にも」

「まだ疑いの段階だがな。しかも結構な上層にいるようだ。未《いま》だ尻尾《しっぽ》を摑《つか》ませぬが」

くるり、と道化が身を返して手を振り上げつつ机の前で飛び跳ね出す。

「どかーん、どかーんと。どんどこ使えってか。ひははは。乱暴～」

「一刻も早く見つけ、潰《つぶ》しておかねばならん。国民を直接危険に晒《さら》す魔王雷の封印が第一だ」

とんとん、と机を指で叩《たた》いて。ふと王は戦地にある王子を思い出す。

「――ポロニアに魔導書の研修を開かせたが。その講義にも潜り込んでおらぬとは限らん」

「あ～はいはい、きっかけとなった帝国の御方を講師にお呼びしたんでしたっけ」

とぼけて言いつつも、道化はどこからか一枚の写真を取り出す。何時《いつ》写したものか。そこには金髪の女性——カリアの戦場での姿が映っていた。

「我が国の魔導書運用において、秀《ひい》でたるは取り入れ、そうでないものは排した上で吸収せよ、と命じてはいるが……」

その場に面倒な考えを持つ輩《やから》が交《ま》じれば、不測の事態が起きかねない。エンドルアは胃の辺りを押さえて天井を見た。

「はあ……昔の王は、何百年も生きてた大魔導師が摂政にいたんだろう？　いいよなあ」

「あーらなんですかワタシじゃ不満ですか。今いないんだからしょうがないじゃないですか」

道化だろお前、という視線を向けて、王は傍《かたわ》らに置いている王冠を手で弄《もてあそ》ぶ。

「大体王家が未《いま》だに軍事にだけ発言力あるってのも歪《いびつ》だよなあ。さっさとそっちの主権も内閣に渡したいものだ」

「ひあははは！　エンドルア王、お生首になりたいので？　革命で政治丸々全部民衆がやる事になった国、ど～んだけ酷《ひど》い事になったか御っ存知でしょうに」大変楽しそうに、道化は踊り始める。「王侯貴族に平民棄民革命主義者、選んで殺すの面倒だ！　誰も彼も面倒だ！　処刑祭り処刑祭り♪」

大陸西部に存在するとある国の顚末《てんまつ》を道化は歌う。

三十年ほど前のその件で諸国が市民革命にドン引きした結果、民主主義への移行は緩やかにブレーキがかかった。

「う～。この戦争終わったら穏便《おんびん》に移行して引退してやる。王は君臨すれども支配せず……であるが、今は協定だ」

幾つかの書類にサインをし、エンドルアは立ち上がる。

「何より協定の維持が最優先。その主旨で王命を出しアルーダ基地にも届けよ。潜り込んでおる派閥の者共にもよく見えるように、な」

◇

アルーダ基地講堂、魔導書修復実習。

「では、今日から実習に入ります。前回までの講義と、手元のテキストがあれば、今日やる作業の手順は分かると思います。が」

そこでカリアは言葉を切った。じっと参加者を見回す。

「――この三か月で私が伝えられるのは、本当に全体の手順のみです。皆さんの中には既に古書修復に携わっている方もいらっしゃるので、そちらには高僧に説法というようなモンですが――、どうか、学んだ技術は研修の後も、繰り返し反復して手に染み付けさせてください」

それは、願いのような言葉だった。本来、千差万別である魔導書の材質、古さ、破損度合いに対応するための技術は三か月などで身につくものではない。せめてその倍、可能ならば数年を使い、筆の使い方、刃の動かし方から学ぶ必要があるとカリアは思っている。だが、今の魔導書を取り巻く状況はそれを許さない。

言葉通りに元々書籍修復に携わる人間であれば問題無いが、魔導司書研修にはそうでない人間も多く参加する。軍人がその筆頭だ。カリアは、彼らにも可能な限り技術を錆《さ》び付かせてほしくないと思っていた。

「初回は装幀補修の実習をやります。皆の手元に一冊ずつ古書があるかと思いますが――」

三十名の参加者の前には、カリアの言葉通り様々な古書が一冊ずつ置かれている。

これは実習用にと、基地から提供された各国の古書だ。これを一回ごとに回収・再シャッフルする形で、カリアは実習を進めている。なお、

「その中には、本物の魔導書も混じってます。どれがそうなのかは明かしません。各々《おのおの》、自らが魔導書を修復しているのだという気概を持って臨んでください」

と、カリアが良い笑顔で言ったものだから、参加者は一様に緊張感を漂わせている。何せ魔導書は国家の文化財、かつ超兵器だ。

この度使われている魔導書は『天墜《お》とす瞳』なのだが、

(こないだの試射以前に直接修復してたタレーアと他数名の参加者は知ってるんだけど。まあ部外秘だしな)

また実際には、『天墜とす瞳』はカリアが実習の度に自分で修復してもいる。王国の所蔵であるため、逐一《ちくいち》ポロニアに許可を取って、だ。

(カメリー大天尉は初回の見学のみ、セヴァン小天尉、クルネア中天尉は共に実習も参加か)

ポロニアの挙げた別派閥疑惑の士官。一応現状は怪しい行動は見られない。

そんな思惑はさておき、研修は進んでいく。

実習に入り、基地図書館の講堂にある机は、固定具や鋏《はさみ》、糊《のり》に筆など、数々の修復道具で賑《にぎ》やかになりつつある。

「講義でも話しましたが、魔導書における修復で最初に気を付ける事は、使われた素材。本の復元とはこれつまり、紙と使われたインク・顔料の種類を把握する事に尽きます。素材を合わせる事が発動時の魔力の通り具合に関わるからです」

カリアがサンプルからの類推法、調合をおさらいし、指示されたエルトラスが細々動いて、王国に用意してもらった革と植物の紙、顔料などの素材を並べる。

「今回実習に使用してる古書に使われているものは、ここにある材料で全て再現出来ます。じゃあ、テキスト見ながら始めてください」

その数々の素材には、逐一名称や主に使われた時代、国などがラベリングしてある。それらは全て、カリアが記載したものだ。

動き出す研修参加者たちの中で、囁《ささや》かれる声がある。

「アレクサンドル講師、全部把握してるのかこれ」

「それだけじゃない。見本に展示してある修復挿絵を見たか？　贋作師《がんさくし》顔負けだ」

「何をどうしたらあの若さで、そんな技能を併せ持てる……？」

彼らに戦慄《せんりつ》と共に語られるカリアの歪《いびつ》なスキルツリーは、学生時代から新旧問わぬ本の虫だった彼女を、帝国皇女クレーオスターがカリア本人の望みに沿って巧みに誘導した結果だ。

人に教える段になって、カリアはそれに気付いているが、まあそういう人だよな〜以外の感想は無い。なんなら食い扶持《ぶち》になっているのだから感謝は多少している。

「単に紙を繋《つな》ぎ合わせるんじゃない。砕けないよう注意して繊維をほぐして、方向を揃《そろ》えて。そこから糊《のり》を付ける」

「む……！」

研修参加者たちを見ながら歩くカリアの耳に、小さいが痛恨の色を持ったうめき声が届いた。視線を向ければ、その発生元は見覚えのある顔だった。

「セヴァン小天尉。どうしました？」

カリアを煙たがる派閥に所属する疑惑——という情報は一旦うっちゃり、声をかける。

「…………」

難しい顔で手元を凝視するセヴァンの視線を追えば、彼の持つメスが入れられた古書のカバー、その表面が一部砕けていた。

（力入れすぎたな、こりゃ）

半端に外れたカバーを取り外すために刃を入れたのだ、と知れた。本の傷み、劣化の状態によって、メスや筆への力加減は変わって来る。くっ付けるための糊を乗せた筆で紙の繊維が砕ける、という事もあるのだ。

なお、彼が修復している本は『天墜《お》とす瞳』では無い。安心しつつカリアは助言する。

「大丈夫。砕けたところは集めて貼り付けましょう。古書の劣化度合いを注意深く観察して、繊維の方向を揃えて、それに沿って。かける力を調整して」

「――了解しました」

指導を加えれば、セヴァンは軍人といえども流石《さすが》に研修参加者だ。慎重、かつ繊細な手つきで修復を進めていった。むしろ、失敗で余計な力が上手《うま》く抜けたようであった。

彼の手の中で、古書の表紙はみるみる内にその姿を整えられていく。

（これなら今日のとこは心配ないかな。さて他の人を――）

他の参加者からリカバリーの手腕を感心の目で見られているセヴァンから離れ、カリアは他の指導に入る。

「このページはまずカビ抜きから。カビを扱う時だけは隔離を徹底して。この時だけは手袋も着ける」「色剝《いろは》げ補修は同じ顔料を使っても、経年した本体とは色味が違ってしまう事もある。でも材料が通じてる事の方が重要」「どの作業でも最後に頼れるのは自分の手先だかんね。精知識を、技術を、カリアは惜しげもなく開陳し、他国へと染み渡らせる。

神を平衡《へいこう》に、指先静かに」

◇

実習終了後、カリアは夕の大休止を迎える図書館運営に向かう。

(本来ここまで求められて無いんだろうけど、さ)

だがアルーダ基地図書館はこれから、王国の基地図書館のモデルケースとなる。ここで自由利用の図書館というものを根付かせておく事は、王国の基地全体に波及する。

「あんだけポロニア王子にデカい事言っちまったもんなあ。ある程度の面倒は見なきゃ。……エルトラスには悪い事しちまったけども」

本来なら彼女は研修講義の助手だけの予定である。

「いいですよ〜。講義以外の時間、じっとしてるのも持て余しちゃいますから」

と本人は言うが、カリアは感謝の念に堪えない。事務スペースを通り図書館へ入る——その途端、

「この時間はお前たちの時間ではないだろう！」

「返すだけなんだから構わないでしょう！」

もめ事だ、と即座にカリアは察する。兵隊の気が荒いのは帝国も王国も変わらない。

士官同士の言い争いだった。貴族出と平民叩《たた》き上げ、と見たところで、カリアは気付く。

(クルネア＝ロ＝タンムー中天尉と、セヴァン小天尉か。研修のついでに寄ったんだな)

セヴァンは家名が無い事から、平民出だとカリアにも予測出来た。

カリアはカウンターに出て、エルトラスに問う。

「今日はどっちの日だっけ？」

「あわわ。貴族さんの方です～」

基地図書館の積極利用の布告がなされてからしばし。曜日で貴族と平民出身で利用日を分けていたが、全体利用日も作るべきか、と思案していた矢先であった。

「うーむ……いや、考えるより前にとにかく仲裁せにゃ……けど、あたしじゃ角が立つか？」

なにせ外様《とざま》の貴族で士官だ。加えて王国士官からは、カリア自身の戦果による畏怖《いふ》もある。

「声が大きくなってきましたね。なんとか私が――」

と、カウンターにいたテルモが出ようとした時だ。

「お静かにお願いします、セヴァン小天尉、タンムー中天尉」

低く腹に響く声が、言い争う二人の間に入った。

「あれは……確か、もう一人の図書係」

カリアが目を見張る。声の主は小天尉たちより頭ひとつも背が高い。ぼさっとした長めの黒髪で、目が隠れている。

「何だ！　お前は――、あ」

「っ、ミッターノ……か」

二人は苛立《いらだ》たしげに振り返って、しかし声に詰まった。表情には明らかに驚きがある。

「はい……自分も、図書係です」

ミッターノと呼ばれた図書係は、じっと数秒、彼らを見た。

「……セヴァン小天尉、本日は貴族出の利用日ですので。返却は私に」

セヴァンへ、大きな手を差し出して落ち着いた声音で言う。

「む……ったく、分かったよ。お前に言われたんじゃな」

上官であるはずのセヴァンが大人しく本を差し出す。クルネアも、嘆息し表情を和《やわ》らげた。

「ふん……少し、大人げなかったな」

「ああ、いやその……、こっちも。悪かったです」

両者共に詫《わ》びる。まるで、唐突に意識を改めたかのようだ。

静けさが戻った図書館。ミッターノは黙ったまま一礼し、返却本を戻しに行った。

「おお、収めた。やるなあ」

カリアが感心していると、思い出したように呟《つぶや》いたのは同じく図書係のテルモだ。

「ミッターノ……ああ、あの。彼がそうだったんですね……」

「何か知ってんの？」

不思議に思うカリアへ、テルモは頷《うなず》いた。

「ミッターノ天補。階級は小天尉のひとつ下ですね。王国軍では有名な話です。彼が二年ほど前に北方の前線にいた時、偶然遭遇した中級魔族をナイフで討ち取った、と」

「は？　マジで？」

カリアは驚愕《きょうがく》する。中級魔族と言えば蛇人《ナーガ》や人狗《コボルト》などで、脅威度で言えば大型の熊より遥《はる》かに高い。無論、勇者でもない普通の軍人が単独で倒すのは容易ではない。それも小銃も使わず、ナイフでだ。

（相当なモンだな……）

無論今の組織化された軍隊からすれば、白兵技能はそこまで有用では無いのだろうが、だとしても軍人からすれば畏怖《いふ》・畏敬の対象には違いない。であればこその先ほどの反応だ。

（そういうのを図書係に付けてくれたっつーのは、ポロニア司令の心遣いかね？）

元貸本屋のテルモといい、中々の人材と言えた。

「カリアさん、少しカウンターをお任せします。館内整理に行って参りますので」

テルモが館内に出て行き、カウンターにはカリアとエルトラスのふたりになる。

「ど、どうしましょうね、全体利用日」

「あたしは作っても良いとは思うけどね。多少強引でもやっちまえば転がっていくもんだし」

そうこう言っている内に、ミッターノが一冊の本を持って戻ってきた。エルトラスがさっきの話で露骨に緊張している。

「わわ……」

「お疲れさま。さっきはお見事」

ミッターノが目線を（見えないが）上げて帝国のふたりを見、軽く頭を下げた。

「……恐縮です」

ぽつりと、ミッターノは呟《つぶや》いた。カリアが先ほど聞いた武勇伝からすれば、随分と控えめな態度だった。そのまま、自分のカードを出して貸出処理を始める。

「ついでに自分が借りる本持ってきたの？」

こくり、と彼は頷《うなず》く。身を折ってもエルトラスよりは背が高い。

（うーむ。寡黙で読書家。好感が持てる）

隠すでもなく持っている本は『レベンゲンの日々』。王国の流行小説で、カリアもタイトルは知っていた。和やかな女学生たちの日常風景と、細やかな心情描写がウリの作品だ……が、

「……意外な趣味と、思われますか」

ズバリ言い当てられた。カリアは少し気まずく咳払《せきばら》いしつつ、

「いやまあ、正直ね。でも読書嗜《し》好《こう》は自由だとあたしは思う」

「……恐縮です」そう言って、ミッターノは少し言葉を探すようにしてから「……争いは、好きではなくて」

「そ、そうなんですね」

　エルトラスも意外そうに言う。それに、ミッターノはぐっと拳を握った。

「……殺すとか殺されるとか、現実で飽き飽きしていますので……。子供とか、学生とか、動物とかがほのぼのしている物語が好きなんです……武器とか出ないやつ……日常……」

　えらく実感が籠《こ》もった言葉であった。

「なるほどね。今度帝国のそれ系の教えよっか。王国語翻訳《ほんやく》あるやつ」

「……恐縮です。……ですので、ここの係にしていただいたのは、嬉しいです。平民出の利用日以外も本を読めますから」

　ミッターノが仕事に戻っていく。怖くないと分かったエルトラスが、大変ににこにこしていた。

「良い人ですね、ミッターノさんも、テルモさんも」

「うん。このメンバーがフルにいる時なら、全体利用日もイケるかも、ね」

◇

　図書館から出ながら、王国小天尉セヴァンは軽く首を横に振った。

（むう……、我ながら良くなかったな今のは……神よ我を許したまえ）

　心の中で懺悔《ざんげ》して、教会へと彼は足を向けた。教会は、基地にはつきものだ。

　王国は王家の祖神を主に崇《あが》めている王立教会を配置している。現代における役割は、他神の教会とほぼ同様だ。

人々の心を慰撫《いぶ》し、信仰の拠《よ》り所となる。ある意味では、図書館と近い。そしてそれは、死と隣り合わせの兵にとってもだ。

幼い頃から神話や説法に親しんできた境遇のセヴァンにとっては、教会は軍人になっても訪れる場所だった。

アルーダ基地教会には、数人の兵がいた。セヴァンは適当な長椅子に座り、目を閉じる。

「…………」

セヴァンが祈りを終えて目を開ければ、横には先ほど揉《も》めた中天尉のクルネアが座っていた。意外の視線を向けるセヴァンに、それを待っていたようにクルネアは答えた。

「別に続きをやろうという訳じゃない。……先ほども」彼は小さな声で、少し躊躇《ためら》ってから告げた。「研修でのお前の修復が見事だったので、話を聞こうと思ったんだ。ただ……その」

そこまで言われて、セヴァンは先刻の口論のきっかけを思い出す。利用日の注意だ。

「はっ、いえ。平民出身者の利用日でなかった事は確かです。心が乱れており、無礼にも上官への態度が荒くなりました。悪いのは未熟な自分です」

冷静になれば、クルネアの躊躇いもセヴァンには理解出来た。平民出のセヴァンに対し、貴族で上官のクルネアが教えを請おうとすれば、きっかけに困る事はあるだろう。

「そうか」ほっとしたようにクルネアは笑う。「……何故《なぜ》機嫌が悪かったのか、聞いていいか」

恥の開陳にわずかな抵抗はあったが、非は自身にある。セヴァンは頷《うなず》いた。

「は——自分は元々、王国の魔導書補修作業に参加していた身です。この研修の前から」

「つまり、あの『天墜《お》とす瞳』試射実験の……」

「はい。自分は、帝国の魔導司書の方式を学ぶ事に反対するグループにおりました」

これは、かつてポロニアがカリアに語った派閥の事だ。セヴァンについては、その疑惑は当たっていた事になる。クルネアもその時に名前を挙げられていたひとりだが——

「ふむ。私はそういった集まりの事は聞いた覚えがある、という程度だが」

「自分は魔力持ちではありません。それでも、魔導書の補修の一端を担《にな》う事で、帝国の魔導司書なる存在に立ち向かえると思っておりました。……ですが。あの失敗と、魔導司書カリア＝アレクサンドルの対処。自負を、打ち砕かれました」

セヴァンは自分の掌《てのひら》を見た。

「であれば、と彼女の研修に参加したのです。講義実習からも窺《うかが》えるその高い技能。今日の実習でも自分のミスに適切な指導を入れて来ました。学び、取り入れるに相応《ふさわ》しい……と納得せざるを得ませんでした……が」

自分の未熟です、とそう締めたセヴァンの気持ちは、今度はクルネアが察した。それまで対抗視していた相手からの教え。心穏やかに受けるには……という事だ。

「——時に。今日はさておき、お前は図書館の利用もそれなりにしているようだな」

「は……ええ。自分は基地の生まれでして」話題の変化に戸惑いつつ、セヴァンは答える。「親が基地で商いを。幼い頃は基地の教会で従軍僧に預けられておりました。本もその時に」

「なるほど。それは信心深くもなるか」

教会には聖典、子供向けの神話などの本が必ずあるものだ。クルネアは立ち上がる。

「セヴァン小天尉。お前は図書修復の技能高く、図書館での所作も心得ている。お前が平民出の兵士たちの規範となれ」

「！　自分が……ですか」

「そうだ。王国貴族には平民が図書館など、と言う者もいるが——アレクサンドルが帝国にて成した事を考えれば、兵士全体の利用、試すべきであるように私は思う」

セヴァンは自分の掌《てのひら》を再び見る。彼は、本が兵隊としての自分に与える心への影響を理解している。孤独な者への神のように、本は兵の孤独に寄り添う。

かつての、親を待つ自分にも、信仰と教会の本がそうしてくれたように。

（……それを、平民の兵たちに伝えられるのならば）

セヴァンの胸に灯《とも》る何かがある。それは、傷付いた彼の誇りを奮い立たせる何かだ。

「——そして、私に取れたカバーと本体の修復のコツを教えるのだ。どうにも高さが合い辛《づら》い」

彼を見ながら、クルネアは笑った。

◇

そんな、平民と貴族のささやかな和解が他所《よそ》であった事は知らぬカリアは。

「採点タイム、っと」

図書館運営を手伝ってから、講義の後処理に移っていた。実習に使われた古書は、その度にカリアが全て点検し、出来映えを確認しているのだが、

(王国の魔導書修復経験者たちは流石《さすが》に上手《うま》い……でもタレーアさんがやっぱ図抜けてるな)

誰しも、自身の専門外になればやはりクオリティは落ちる。だがタレーアはその例には当てはまらない。

新しい知識と作業への習熟が恐ろしく速い。元から博物学の心得はあると本人が言っていたが、それにしても尋常ではない。カリアが実習前に語った、技術は繰り返し身に付けてモノになるという鉄則は、彼女だけは例外のように思えてくるほどだ。

「才能で言うならあたしの数段上だなこりゃ。他に上手いのはセヴァン小天尉と……お、この人は法亜国の人か。名前は……カルタロ」

王国以外の連合国からの参加者も、少数ではあるものの存在する。法亜国とは、大陸中に信徒を持つ、太陽と風の主神を信仰する宗教の中枢を担《にな》っている国家だ。連合国の他の国にも信徒はいる。

「帝国や王国でもそうだったけど、昔の修道院は専門家だもんなあ。全般上手《うま》いわ。……今でもやってんのかな？　写本」

教徒が共同生活を行う修道院では、中世において写本が盛んに行われていた。そこから、国や役所が文書を書き写し残す事への有効性を見出《みいだ》し、紙の広まりと共に世俗的な本の写本も行われ、時が流れて今に至る。

「魔導司書、か。あんまり嬉しい称号じゃ無いんだけど。彼らの中でも、タレーアさんは実務積んでいけば行けそうではあるかな」

と、そう呟《つぶや》いた時だ。こんこんと司書控室の扉がノックされた。

「カリアさん、タレーアです。図書館の閉館処理終わりました」

「ありがとう」噂《うわさ》をすれば影。カリアは司書控室を出た。「悪いね、任せちゃって」

「いえいえ。これが私の業務ですので」

にこやかに返すタレーアの顔には、一日の仕事を終え微《かす》かに疲労の色が見えるものの悲壮の色は無い。充実、を絵に描いた風であった。

「……楽しそうだね？」

「勿論《もちろん》です。カリアさん、貴女《あなた》の知識と技術は素晴らしいです！　次の実習が待ち遠しくて！」

ぐ、と踏み込んでくるタレーア。

「補筆と翻訳《ほんやく》の関連性は勿論の事、魔導司書には模写の技術も重要だなんて目から鱗《うろこ》でした！

確かに魔導書含め古書は挿絵も多いですものね！　それに文字に使われるインクに顔料も重要だなんて、言われるまで気付かなかった私はなんて大馬鹿なんだろうって！　王国式の分担作業はどうしても担当以外には疎《うと》くなってしまうと痛感しました！　魔導書はそれではやはり問題が出る！　通常の図書修復全般に加え、魔力の知識にも通じねばならないとすれば、必要とされる知識や技術は膨大《ぼうだい》！　それ故《ゆえ》に、いえそれだからこそ、分担をするにしても各部署の透明性連携性を高めて相互に協力しなければいけないと！　でもやはり理想を言えばカリアさんのように全て——」

勢いが凄《すご》い。カリアはちょっと上体をのけぞらせる。

「お、おおう……どうどう。どうどう。褒めてくれんのは嬉しいけども、あたしはそんな大したもんではないって」

「？　まさか！　王国の図書修復の専門家と比べても何ら劣る所はありませんよ？」

軍人には不似合いな、タレーアの純粋な瞳に射貫《いぬ》かれて——カリアは、ふっと頬を緩めた。

「いや…………本当に、そうなんだよ」

浮かぶのは自嘲《じちょう》の笑みだ。カリアとて帝国軍第十一前線基地での出来事を思えば、どれだけの失敗をした事か。

（魔導書が持つ力、それを使う意味。あたしは人と魔族の何千もの命を代償にして、それを学んだに過ぎない）

そんな事を、これから魔導書に携わる人間にさせる訳にはいかないのだ。

「あたしの知識も技術も、上手《うま》く行った事も行かなかった事も。みんな研修で教えるから。だから……みんなには、間違えずに魔導書を扱って欲しい」

カリアの重々しい態度に、タレーアは少し首を傾《かし》げる。

「……魔導書は確かにカリアさんの言う通り、貴重な古書であり文化財でもあります。ですが兵器として考える場合、運用は軍が決める事です。魔導司書が思い悩む事では無いのでは？」

真正面からの疑問に、カリアは思わず息を呑《の》む。

（そうか。自分でエルにも言った事だ。王国でも魔導司書が出来たとして、権限がそのまま帝国のようになる訳が無い……か）

どこか安心する反面——何か、何かが、カリアには引っかかる。

しかし、そこに踏み込むのは越権というものだ。カリアは他国の研修講師に過ぎない。

「……そーだね。そもそも一個人が考えるには重すぎる判断だ」

彼女に言えるのは、現状唯一の使用者としての存念を訴える事くらいで、それは既に講義初日にやっている。

「そうですよ！　上位の貴族が務める軍高官はそのためにいるのですから。それに我々がまず目指すのは、完璧な知識と技術の習得です！　よね？」

タレーアの言葉は正論だ。あれこれ悩んだ結果、肝心の魔導書修復が適当ではそもそも話にならない。

「書架の整理終わりました～。は～、お腹《なか》ぺこぺこ……」

と、そのタイミングで図書館からエルトラスがやってきた。あまりに平和なその様子に、カリアとタレーアは二人揃《そろ》って噴き出す。

「エルは可愛いなあ……」「本当ですね。うちのメイドに欲しいかも」

生温かい目を向けてくる貴族出身者二人に、エルトラスは慌てて恐縮し始める。

「えっえっ、なに、何です？　わたし何か悪い事しました？」

「いいのいいの。タレーアさんも、今日は三人で食べよっか。食堂もう空《す》いてるでしょ」

「はい、ご一緒させていただきます！」

研修も基地図書館も、上手く回っている。そう感じて、カリアはアルーダ基地を歩く。

この時は、まだ。

◇

「左翼撃ち込め！」「第三隊は中央、五隊が右翼。機を合わせて前進だ」

大天尉の指示が楽器の特定テンポの音色に変換され、部隊が動く。

アルーダ基地より二十キル近く東、王国の前線のひとつ、ケイアン盆地。ここで、魔王軍と王国軍は数か月前より一進一退の攻防を繰り広げている。

「放て！　魔族共の突破を許すなっ！」

ひとつの陣から、千近い銃火が一斉に放たれる。それは、中級魔族を火線の列で貫いていく。

「かわせるものなら、防げるものならやってみろ！　そんな隙間《すきま》は無《ね》えぞ魔族共！」

大陸中央に近いこの戦場の王国軍は二万。兵数が多く、火力で拮抗《きっこう》が可能であるため、魔王軍に対して機動戦術を取っている。塹壕《ざんごう》は数キル後方に存在するが、現在は使用していない。

今は急襲してきた魔王軍一万を王国軍二万が火力で迎え撃っている状態だ。

一般に言われる戦力計算である魔族3：人間1の法則も、大量の小銃火力と大砲、そしてごく少数ながら要所に配備された新型兵器・機関銃による支援で覆《くつがえ》せる。

「押し返せますかな」

「……可能だろう。魔王軍に対しては数の都合さえつけば陣形も有効に作用する」

指揮テントの中で、次々入る報告によりめまぐるしく変化する戦場を俯瞰《ふかん》しつつ、ヨギト天右は前時代の戦術を引っ張り出した日々を苦く思う。

「魔王軍との戦闘は人間の軍相手とは違うな。中世以前の戦術を未《いま》だ使い、そしてそれが最も強いのが魔王軍だ。この歳で勉強をし直す事になるとは思わなんだ」

「しかし、何がしかのきっかけがあった訳でも無くここに来ての攻勢。狙いは何でしょうか」

それはヨギトも気になっていたところだった。確かに魔王軍は強く、この攻撃でもある程度の被害は出る。

「だが魔王軍の被害はそれ以上だ。勝ち目があるから仕掛けてきたのだろうが……」

戦闘の序盤は陣形の隙間を突かれたが、それも現在は修復し押し返している。

「この度は向こうに運が無かったという事でしょうか？　ここには今『彼』もいましたからな」

彼。──この戦場には現在、『勇者』アリオスが派遣されている。

勇者。魔法が消え銃火が主力となった人類において、ただ一人魔力を体内で操り、剣で最強を誇る御伽話《おとぎばなし》。最強の歩兵。

一人で魔族の一隊を全滅させる事すらやってのけるその戦闘力は、派遣された地の兵士の士気をも大きく高める。

「崩されかけた右翼を持たせた功は大きい。後方のポロニア王子もお喜びになるだろう」

アルーダ基地司令のポロニア第三王子と勇者アリオスの交友関係は有名で、勇者が連合国中に派遣される関係もあり、王室も事あるごとにアピールしている。

「敵軍、退却を始めました！」

新たな報告が飛び込んでくる。ともあれ、今日の戦いの趨勢《すうせい》は決しつつあった──と、その時だ。

「報告！　敵中央より突如《とつじょ》現れた人馬《ケンタウロス》部隊を中心としたおよそ五百が突破！　突破です！」

「！」「人馬だと!?」

人馬族。馬の下半身に、人間に似た上半身を持つ中級魔族だ。特色は無論その体による機動力と突破力。魔族における高機動戦闘の花形でもある。

「馬鹿者！　何故《なぜ》突破を許した！」

「はっ！　それが、人馬部隊《ケンタウロス》は敵陣の中央に温存、潜伏していたものと思われます！　本隊が退却に移りこちらの対応が切り替わる隙《すき》を狙われました！」

人馬部隊は通常、戦場を縦横無尽に動いて弓や槍《やり》で敵陣を引き裂く事を得手とする。

「定石とは全く異なる使い方……狙いは何だ」

「戦闘には目もくれず前進、こちらの左翼を突破しました！」

「指揮所を狙っているのか？　ならば挟み撃って──」

「いえ、西です！　戦場を西へ突っ切っています！」

「追撃せよ！　騎兵部隊と──勇者、は無理か……」

ヨギトは歯噛《はが》みする。勇者は王国軍においても自己判断での行動を許されている。退却する敵軍を追撃する方が、勇者の戦果としては大きくなる。

「騎兵部隊だけで撃破出来るか……？　むしろ引き込んで、後方の基地の兵力と協力すれば、あるいは……」

連合軍において騎兵部隊は、銃砲の発展で廃《すた》れた兵科だ。王国軍とてそこまで数は無い。

「あ、いえ、勇者アリオス、西へ向かいました！　人馬部隊を追撃する動きです！」

「なに!?　何故……いやこの際いい！　騎兵を合流させろ！」

勇者であれば、機動力も馬に勝るとも劣らず、戦力としても申し分ない。

即座に指示を出したヨギトが、地図をにらんで敵の狙いを推察する。この戦場から西にあるものは、

「アルーダ基地だ……しかし目的は」

人馬族を中心とした中級魔族五百。決して侮《あなど》れない戦力だ。一点集中すれば大部隊の急所にすら届きかねない。

「ポロニア王子では？　王族を討ち取って士気を上げるという事では」

「それを狙って人馬五百を温存するのは今作戦の犠牲《ぎせい》が大きすぎる。何かあの基地に……」

◇

「魔導書ですね」

西方面に突破した敵軍を認識した瞬間、勇者はそちらへ全速で動いていた。指揮所の騎兵部隊三百と合流し、併走しながら呟《つぶや》く。

「ま、魔導書ですか、あの……」

それに割とドン引きしながら、騎兵隊長が言う。彼らにとっては魔王雷を封じた新兵器、という程度の知識しか無い。

「アルーダ基地は今、特別に招聘《しょうへい》した帝国の魔導書担当士官――魔導司書による研修が行わ

れているはずです。そこには教材として使われている魔導書も、ある」

「！　も、もしかして」

戦慄《せんりつ》を含んだ騎兵隊長に勇者は頷《うなず》く。

「破壊、もしくは奪取でしょう。協定としてはお互いに大部隊や都市への使用を禁ずる、というものだけです。詭弁《きべん》にも思えますが、奪取は禁じていない」

ごくり、と騎兵隊長は唾《つば》を呑《の》む。この戦場からアルーダ基地まで。山も荒れ地もあるが、人馬族《ケンタウロス》の脚力ならば、一時間かかるかどうか。

「追い付かねばなりませんな」

「ええ。おそらく敵は数を割って、アルーダ基地までの道のりでこちらを遅滞させてくる。途中の山道や塹壕《ざんごう》跡では警戒を」

◇

アルーダ基地にも、人馬族部隊急襲の報は電信で送られる。

「どう思われますか」

「魔導書だろうよ。余の首を今取ったところで戦局に影響は出ん」

基地唯一の大天尉であるカメリー＝タ＝ペンテニスの問いに、つまらなそうにポロニアは答える。

「ペンテニス大天尉、動かせる兵は」

「即応で四百です」

基地の人員は千二百だが、それは兵站部《へいたんぶ》の兵も含めての事だ。そこから現在、折悪く基地外で演習している兵を抜けばこうなる。

無論、正面から中級魔族である人馬族五百を相手に出来る数ではない。

「演習隊は——呼びに行っている内に人馬族が到着する、か」

「現在門前を塞《ふさ》がせています。五百相手に遺憾《いかん》ですが、籠城《ろうじょう》で追い返すのが良かろうかと」

「うむ。アリオスを含んだ追撃隊が出たとある。であればその幸運を活《い》かす。しばし耐えれば良かろう」

ポロニアが頷けば、カメリーは現場の指揮を執るため退室する。

「もしやあの者の存在が呼んだ、という事もあるか。事によれば急がせねばならんかもな」

◇

そんな事が東で起きているとは露しらず、カリアは広げた巻物の書面に目を落としている。

ワイアスから接収した魔導書だ。

「この序文の単語。宇内《うだい》……天地、そして四方上下……そうか、これは視点が空の……」

山のような参考資料を脇に積んだ彼女はぶつぶつと、古法亜国語で書かれ、ところどころ欠損した文書を頭の中で補完しながら読んでいる。

（辿《たど》るのは書いた人間の思考だ。それが分かればかつての文章の形も見えてくる）

修復、翻訳《ほんやく》、思考、補筆。その四つを並行して進めていけるのが、カリアの様なスペシャリストの特権だ。古書の文化的価値だけを求めるならば、補筆はむしろしない方が良い側面もあるが、これは魔導書としての機能修復だ。

（これを書いた奴《やつ》は、世界を……この地上だけじゃない。空の向こうまで見ようとした。物理的には技術的問題と竜族に阻まれるそれを）

方向性はこれだ、と感じる。これまで欠損により意味の通らなかった文章が、彼女の中で形を成していく。

「はは……なるほど。はいはい。面白いじゃん……変態だろこいつ」

呟《つぶや》きながら、とぷんと思考の海へとカリアは入っていく。それは、いつしか彼女だけではなく、著者の思考も混じり始める海だ。自己の内面に仮想した彼（彼女？）と対話し、

「……………………よし。まずは試しだ」

補筆に必要なものは、資料と己の推論と、そして勇気だ。決めたなら筆先はブレさせない

——が。突如《とつじょ》基地内に、警報と鐘の音が響き渡った。

「あわわわっ！」

エルトラスの悲鳴もだ。危うくはみ出しかけた筆をどうにか止めて、カリアは立ち上がった。

魔王軍急襲の報はポロニアの予測も含めて、図書館にいるカリアたちにも伝えられる。

「奥の準備室でじっとしてろ、か。狙いがある意味あたしだからだな」

「ええっ!?　カリアさん何したんですか～」

「何もしてねえ！」

カリアの呟きにエルトラスが怯《おび》えてぷるぷるし出すのに、慌てて言い返す。

「単純に敵が魔導書を狙うとして、魔導書がある場所に使用者がいるかもって思うのは当然だし。魔導書奪って、ついでにそいつも殺せれば万々歳、ってとこだろうね魔王軍としては」

「ひ、ひええ……じゃあ図書館から出た方が」

涙目も加わったエルトラスを、苦笑しつつ撫《な》でる。

「大丈夫大丈夫、魔王軍にしてみたらどこが図書館かなんて、外からじゃ分かんないから。どこの建物内にいたってそんな変わんないよ。それに、追撃も出てるらしいからこの基地で防いでる内にやっつけられるって」

なだめつつ入口を施錠《せじょう》して、準備室へ移動する。

(にしても、前線からの追撃に勇者いるってマジで？　何か変な張り切り方しそうだな……)

◇

その、勇者は。

「アリオス殿！　突っ切ってください！」

「了解しました！　貴方《あなた》がたもお気を付けて！」

追撃遅滞のため、部隊から切り離して逆進してきた人馬《ケンタウロス》百と他混成魔族が百。

彼らと王国騎兵部隊の戦闘が開始された山道で、アリオスは一人突進する。

「通してもらいますよ……っ！」

「『勇者』だ！　止めろォ！」

ほぼ決死隊同然である突破部隊の士気は高い。練度も相当なものだ。しかし、王国騎兵隊により彼の左右に放たれる援護射撃のため、迎え撃てる魔族は正面に限定される。

「おおぁっ！」

アリオスの飛び上がりながらの斬り上げが、人馬の腹から肩まで赤い線を刻む。

「ガ……ッ！」

そのまま飛び上がった彼は人馬の肩を踏み、飛ぶ。前へ。

「失礼！」

ごお、と。踏んだ人馬の肩がひしゃげるほどの踏み込み。勇者は一陣の颶風《ぐふう》となって、数十メルを飛び越える。

勇者は人馬族部隊の背後に着地。即座に前へと走り出す。

「おのれっ！」「……諦めろ！　先行に任せる！」「我々は人間共の方を止めろ！」

人馬含む二百と騎兵三百。数と小銃の利があってもなお、戦力評価としては魔族側が明確に勝る。どんなに馬を巧みに操る騎手でも、人馬の動きには及ばない。

その事を当然知りながら、騎兵部隊は勇者を送り出したし、勇者も走る。

（基地からの追撃隊も来る……それまで、どうか！）

剣を納め、腕を振って走る。短距離、全速であれば列車の速度すら超える勇者の脚力。

「敵のあの士気、不倶戴天《ふぐたいてん》の敵へ向かう時のもの」それは、勇者自身が常日頃浴びているものだ。だから分かる。「僕ではなく、この先に。魔族が知るそれはつまり！」

山道を越え、荒野に入る。

（ここを越えればアルーダ基地）

この場所は先月、魔導書『天墜《お》とす瞳』の試射実験が行われた場所であるが、アリオスには知る由《よし》も無い。

そして、彼の行く手を遮る人馬族部隊百にも、だ。

「！　また分けたか。僕の突破を見越して！」

陣形は鶴翼《かくよく》。アリオスを吸い込むようなその形の意味は、

「一斉射！」

「ちっ」

アリオスは全速を急遽《きゅうきょ》停止、足の負担を無視して横へ飛ぶ。直後、彼が一瞬前までいた周

辺を百の矢が貫いた。

「弓をほとんど投入ですか。やれやれ」

横へ動いたアリオスに向けて、魔族部隊が速やかに陣の方向を修正する。全てが人馬《ケンタウロス》。練度は高く、速い。

人馬の白兵戦闘力は、魔族でも上位だ。そもそも、体重自体が戦士ならば六百キラムを優に超えるのだ。人間の兵士の十倍以上である。

（そして何せ速い、飛ぶ、攻撃位置が高くリーチも長い）

弓兵でありながらきっちり長物も持っている。この積載力も人馬の強みだ。彼ら百体との正面衝突は、勇者を以《もっ》てしても容易なものでは無い。

だが。

「邪魔、なん、ですよ」

アリオスは二射目をつがえた人馬族を前に、びきびきと全身へ力を込め、剣を抜く。

「撃てっ！」

迫る百矢に対し、アリオスはしかし、回避しない。下から上へ。剣を大きく振り回す。

「おおぁっ！」

思い切り。剣を荒野へ叩《たた》き付ける。それはまるで、王国で流行《はや》っている地の玉を打って遠くの穴へ入れるスポーツの、失敗スイングのようだ。

だが。振り抜いた剣が、大量の荒野の土砂と石を前方へと吹き飛ばす。直後、アリオスはそれを追うように突っ込んだ。

「なっ……！」

人馬たちが驚愕《きようがく》する。視界を塞《ふさ》ぐように広がった大量の土と石のカーテンが、ある矢を落とし、ある矢を逸《そ》らし減衰する。そして。

ぞあ、と。そのカーテンの向こうから、剣を肩に担いだ勇者が超低姿勢で突っ込んでくる。

「ぜぇぇぇぇぇあっ!!」

咆哮《ほうこう》。一閃《いっせん》。射撃姿勢から戻す事も出来ず、人馬たちは人類最強の突進を隊の正面から叩き込まれる。

「があぁっ！」「ぬおおぉっ！」

悲鳴が飛ぶ。突進そのもので五体が吹き飛んだ。一閃で三体、土煙が立ち昇る無視界の中、返す刀でさらに二体。

「や、奴《やつ》はっ！」「くそ、見えん……！」

陣を破られ混乱する人馬隊。彼らは下手に長物を振れば同士討ち。対してアリオスにその心配は無い。丸ごと敵だ。

その瞬間、彼は人馬の腰にあった槍斧《やりおの》を摑《つか》み取った。

人馬の体格に合わせて長大なそれを、アリオスはあろうことか柄の先端で持った。みしりみしりと筋肉が音を鳴らす。

「おさらば……です！」

轟《ごう》、と絶殺の風が巻き起こり、空気、そして土煙が一気に振り払われた。

「オ……ごぉっ」

無論。その風の中央で密集していた人馬《ケンタウロス》たちも、だ。一回転、返す刃で角度を変えもう一回転。十を超える人馬が千切れて飛ぶ。あまりの衝撃に槍斧《やりおの》の刃が割れ、柄が曲がる。

「うおおおおっ！」

恐慌、壊乱。高い士気を文字通りに蹂躙《じゅうりん》して、勇者が吠《ほ》える。そして、

「ぐ、ぐぅうっ」

流石《さすが》に怯《ひる》みを見せた人馬族部隊へ背を向けて、槍斧も放って走り出す。西へと。

「っ！」「し、しまった！」

人馬たちが慌てて弓へ持ち替えるが、一瞬の戸惑いがあまりに致命的だった。

短距離であれば人馬族を超える速度を出すアリオスが、一気に引き離す。最早《もはや》、当てる事は叶《かな》わない。追い付く事も。

「化け物め……！」「あれが、勇者か。二百を割くべきだったな……どうする」

後には七十ほどになった人馬と、夥《おびただ》しい死体と負傷者が残る。

「……負傷した者をこのままにしていれば追撃隊に殺《や》られる。最初に割いた二百と合流。負

傷者と陣地に戻る隊と、少数で追撃本隊を遅滞させる隊に分ける」

退却準備をしながら、人馬の一体が口惜しそうに遠ざかる勇者の後ろ姿越しに西を見る。

「最早祈る他ない。頼むぞ、ラードルフ」

そしてアリオスは駆け抜ける。脳裏にはっきりと浮かぶ顔を目指して。

◇

アルーダ基地、門前。そこには簡易バリケードが築かれ、外敵の侵入を阻んでいた。

「ちっ……！　扉は！」

「全て塞《ふさ》がれてやがる！　人間め、閉じこもる気だ！」

到達した二百近い人馬たちが、基地の防御を見て色めき立つ。彼らは、途中に駐留していた王国軍予備隊との戦いも切り抜け、その数を減らしている。

「撃て！　奴等《やつら》を近付けるな！」

カメリー大天尉の号令が基地内に響き、アルーダ基地の外壁——兵が乗って戦えるほどの厚さは無い——、その銃眼から小銃が伸びた。

発砲。人馬が回避運動を取るが、数体が後方へ跳ねる。

「三体に命中！　どれも致命傷には至っていません！」

「撃ち続けよ！　人馬共の力は強い！　奴等が一箇所に集中して攻撃すればこの基地の壁は破

られかねんぞ！」

銃眼の他、急遽《きゆうきよ》作られた即席の櫓《やぐら》からの斜め下への銃撃も行われているが、現在基地で戦える四百の火力を十全に活《い》かせているとは言い難《がた》い。

（外壁に射撃台を設けておくべきだったか……しかし敵も寡兵《かへい》）

ポロニアは苦く思うが、敵側も槍弓《やりゆみ》だけだ。このままであれば決め手は無い。守り切れる。

「殿下。彼等の取り得る手段はおそらく――」

傍《かたわ》らにいるタレーアが、ポロニアへ人馬《ケンタウロス》の特徴を思い出させるように呟《つぶや》いた。

「分かっておる。警戒すべきは固まっての一点突破だ。前へ射撃を切らすなと伝えろ！」

銃弾が間断なく放たれる。

セヴァンと彼の率いる部隊は、射撃には参加せず――出来ずに基地内で警戒態勢だ。基地内からの射撃では、参加できる部隊数が限られてしまうからだ。

（ちっ。貴族たちの指揮隊が演習に出ている。平民出中心じゃ斉射がバラつくか）

人馬族部隊の中に、アリオスに突破された人馬が望みを託した、ラードルフという男がいる。

「くそっ！　戦《いくさ》の誉《ほまれ》無き者共が！　予想はしていたが……！」

飛び来たる小銃弾を槍斧《やりおの》で弾《はじ》き、忌々《いまいま》しげに外壁の銃眼を睨《にら》む。

「ああ。やはりあれをやる他ない。飛ぶのはお前たちだ、ラードルフ」

「……承知した」

そばで伝えてくる人馬隊長にラードルフは頷《うなず》く。それに、隊長は吠《ほ》えた。

「OOOROROROOO！　我が隊の勇士たちよ！　その命懸ける時だ！」

「オオオオオッ！」

予《あらかじ》め、伝えられていた合図だった。約二百の人馬が五隊に分かれ、矢じりのような形で固まる。

「！　突っ込んでくるぞ！　射撃集中せよ！」

それを櫓の上から見て取ったポロニアにより、即座に指示が出る。

怯《ひる》む事無く、五つの塊が走り出す。前の人馬の胸を、腹を銃弾が貫くが、止まらない。

「ガァァァァァ！」

負傷に退避も行わず、そのまま向かってくる。異様な光景だった。

タレーアはそれに瞳を見開いた。人馬族の取り得る戦術とは、どれも違う。

（これは……？　突進以外に目的がある？）

およそ、一塊に三十余。その後ろに、一騎ずつの人馬が追随している事に気付いたのは、離れて櫓上方からそれを見たカメリー大天尉だ。

「あれは……！　くっ！」

自ら狙うが、当たらない。その内、傷付きながらも各人馬隊が外壁へと到達する。

「壁を壊される前に撃ち倒……何ッ!?」

背後からの一騎。それが、飛んだ。突進したそれぞれの人馬《ケンタウロス》たち、その背に向けて。

「っ、そうか、こいつらは盾で……」

「るぉぉぉおおっ！」

「踏み台だっ！」

その数は、突進した塊と同じ五。彼らはこの人馬族部隊の中でも、選《え》りすぐりの精兵だ。

彼らの脚が、壁に取り付いた者の背中を蹴り、さらに飛ぶ。

「なっ……」

壁で射撃していた王国兵が、驚愕《きょうがく》の表情で上を見る。薄くとも四メルはある外壁を、

「飛び越えやがっただとお！」

(そんな……!?)

人馬族を学問で知るタレーアですら知識の範囲外。しかし人馬族ならではの離れ業《わざ》だ。荒れ地も山道も含めた十数キルを高速無休憩で走り抜き、さらには外壁を飛び越える。車が開発された人類側でもなお、不可能な進軍行動であった。

地を響かせて、六百キラムを超える人馬族たちが基地内に着地する。

「殿下ッ！　退避しなければ！」

「……者ども、撃て！」

タレーアに守られながら、即座にポロニアの指示が飛ぶ。だが、

「散ッ！」

ラードルフ含む人馬たちの行動は即座の散開だった。近隣の王国兵を蹴散らし、基地のあちこちへと散らばっていく。

「ペンテニス大天尉、奴等《やつら》の狙いは魔導書だ！」

ポロニアはすぐさま判断し、カメリーへ叫ぶ。それを受けて彼も指揮する。

「現在の射撃班はそのまま外の人馬を攻撃せよ！　残りの兵で侵入した人馬を狩る！　各小天尉、指揮！」

「ははっ！」

王国兵もまた、動く。セヴァンたちの部隊も、すぐさま追撃を開始する。

「我々は――教会方面に向かった人馬を叩《たた》く！　行くぞ！」

動き出す兵たちの中で、ポロニアの側《そば》を離れる事は出来ないタレーアは、彼らの行き先を見る事しか出来ない。

（カリアさん、どうか御無事で……！）

アルーダ基地は一時間前とは全く異なる喧騒《けんそう》の中にあった。

そして人馬族部隊の動きを、後方から見るものがいる。

「基地内に……！」

追い付いてきたアリオスだ。

ぎり、と奥歯を嚙《か》みしめる。速度を上げて、そして止まらない。

「っ!?」

外壁に攻撃を加える人馬《ケンタウロス》の一騎が、凄《すさ》まじい殺気に振り返る。その瞬間、影が落ちた。

勢いそのまま、踏み台も無しで。勇者アリオスが外壁を飛んでいた。着地する。

「っ、また新手!?」「いや、待て！　こいつ、いやこの方は」

出身の王国で、勇者の姿を知らぬ兵は無い。空気が沸く。タレーアがその名を呼んだ。

「勇者アリオス様っ！」

「図書館はどこです！」

「この道を二百メル向こうだ。我が友」

答えたのはポロニアだ。指さす方を見て、アリオスが頷《うなず》く。

「挨拶は後で」

「ああ。奴等《やつら》の狙いは魔導書とアレクサンドルだ。行ってやれ」

だ、と駆け出す勇者を見送って、ポロニアは重く息を吐く。

「頼むから大人しくしておれよ……アレクサンドル」

◇

セヴァンが己の部隊三十名を率いて基地内を走る。

散った人馬のうち、一体が明確に教会方面へ向かったのを見て取った彼は、自隊でその個体の追撃を選択した。

(教会に入り、あてが外れた人馬が破壊する可能性はある)

この時代、王立教会は戦争に対し消極的賛成の立場を取っている。それは『組織として直接的協力はしないが、兵の心は救う』である。そのため、王国の基地には必ず教会がある。常の時代には禁じられる殺生《せっしょう》を積極的に行う軍隊という集団。

しかしその末に死んでも、魂は神が拾うであろう。そういう救いだ。

兵士だろうが民間人だろうが、今は封じられているにしても魔王雷がある以上、死が冗談ごとではなく近いのが、今という時代だ。

人々の死への意識は、平時のそれとは全く異なっていた。

しかし。神がとうの昔に地上を去り、その残滓《ざんし》とも言える魔力も消えつつあるこの世界と人に、そんな救いが本当にあるのか。知る者は誰もいない。

神はいない。見えもしない。救ってくれるかも分からない。

(だが。そのような事は問題では無い)

そうセヴァンは断ずる。祈りは信仰であり、罪深き兵たちがせめても出来る、救いへの願いなのだから。殺し殺され血に汚れ、祈らずにはおれないのだ。

只人《ただ》の心は、そう易々《やすやす》と超人にはなれない。

「教会を襲わせる訳にはいかん！　必ず倒せ！」

走るセヴァンの視界に、教会前に急遽《きゅうきょ》作られたであろうバリケードを破壊する人馬《ケンタウロス》が映る。魔族は己に迫る害意に振り返った。

「神の館《やかた》に銃を向ける責任は私が持つ！　構え！」

セヴァンの号令が響く。

◇

ラードルフが基地内を走る。彼と、四方に散った仲間が探すものは、

（『図書館』なる士気高揚の施設。本が集められるというその場所はどこだ）

グテンヴェルが魔王へと上げた報告を直接読んだ者は少ないが、今回の人馬族部隊には、その情報は伝えられている。

（そこかしこから銃声が聞こえる。仲間たちが戦っているのだ）

「う、うわっ！　魔族が中に……！」

曲がった角の先で、王国兵――テルモと行き逢《あ》う。ラードルフらが侵入して、まだ三分も経《た》っておらず、注意喚起も間に合っていない。彼はカリアへ戦闘経過の連絡に出てきたのだった。

「――敵か」

ラードルフは斬り捨てようと槍斧《やりおの》を振り上げ――一瞬、テルモを見た。

「ふんっ！」

柄で腹を打つ。声も無く、テルモが倒れた。どささ、と持っていた本が落ちる。

「！　これは……本か」

すぐさま、ラードルフはテルモが向かおうとしていた方へ目を向けた。そこそこに大きな建造物がある。

「あそこのようだな」

ラードルフはすぐさま駆け出し、槍斧を錠に一閃《いっせん》。注意して扉を開けば、館内には誰もいない。今は戦闘配置だ。

「おお……なんと。我が部族の賢者の書斎よりも、さらに」

彼はその館内に目を見張る。蔵書一万五千を超えるアルーダ基地図書館は、戦士のみならず賢者も排出する人馬族の彼をしてなお脅威の空間だ。

「いや、今は魔導書だ」

魔力は奥から感じられた。事務スペースへの扉を蹴り開け、入り込む。

◇

そして、エントランスから響くその音を、カリアは当然聞いていた。

「マ〜ジかよ、入ってきやがった」

「あ、あわわわわ……」

「いい？　自分の部屋でじっとしてること。分かったね」

震えるエルトラスの肩を摑《つか》んで言い聞かせる。

「か、カリアさんはどどどうするんですか〜」

「狙いは分かってる。あたしはともかく、エルの命と魔導書は渡すワケにいかない」

言って、カリアはエルトラスを司書準備室に押し込んで、自分はワイアスから受け取った魔導書を持って書庫の金庫へ。

（ここにあったら丸わかりだ。非常事態、しゃあない許せ！）

本来は申請をしてからでなければ持ち出せない、『天墜《お》とす瞳』も持ち出す。

エルトラスから目を逸《そ》らすため、持って逃げたと分からせるよう、扉は開け放しておく。

「とにかく、急いでどっかに隠れ――」

書庫から戻り、急いで裏口から外へ出る。その瞬間だ。

がしゃあああ、という破砕音。ガラスを散らして、図書館の窓から飛び出てくる人馬《ケンタウロス》。ラードルフだ。

（はえーよ馬鹿！　あっ馬か！）

人生最後の冗談がこれだったら冴《さ》えなさすぎるな、などと思ったところへ、

「それか」

着地したラードルフの目は、カリアの手元へ——違《たが》わず魔導書に据えられていた。

（っ、あ！　そうかしまったぁ！　魔族なら現代でも魔力を感知出来る……！）

失策を悟ったカリアは即座に決断した。背後に魔導書を置く。そして、一歩出て構える。

半身。左手を前に。右手は後方へ。

エプロンの中、ホルスターに入っている銃は使わない。

（人馬相手だ。銃を構えた時点で向こうが本気になる。そしたら瞬殺されちまう）

ゆえに、徒手だ。

「…………」

返ってくるのは、人馬の「正気かこいつ？」という視線だ。

実際ラードルフはそう思っていた。

勿論《もちろん》、無謀である。如何《いか》にカリアが東方格闘の心得があるとはいえ、魔族特有の優れた反射神経に運動能力。体重差で言えば彼女の十倍を超える。

だが。我らが主人公カリア＝アレクサンドルという女は、

（あたしの背後に魔導書を置いた。奪取が目的なら突進は無い。一発だ。一発でもしのげばこいつに選択肢が出来る。あたしを殺すか、無視して魔導書奪うか。その迷いで、狙うは背中だ）

こう考える。戦闘に優れた人馬の唯一の死角だ。

決死の覚悟を、本のためならコンマ1秒でしてのける。そういう女だ。

「身の程知らずがッ！　戦士への侮辱《ぶじょく》に等しいわ！」

ラードルフは先刻同様、柄での一撃を選択した。下方からカリアの腹を狙い、振り上げる。

がぎぃっ！　と。激しい金属音と共に、カリアが跳ね飛び……しかし、魔導書を跨《また》ぐようにして着地した。

「なっ？」

「ぐっお……う、腕イキかけた……」

驚愕《きようがく》するラードルフ。対して激しく表情を歪《ゆが》ませたカリアの手から、衝撃で変形した大型の鋏《はさみ》が落ちる。

大型の、革や加工厚紙を切るためのごつい代物《しろもの》だ。エプロンに括《くく》っておき、ラードルフからは後ろになるよう構えて隠していた。

（くそまっずい手の感覚が無い！　これじゃあいつの背に乗ったとこで即振り落とされる！）

「その蛮勇――褒めてやろうっ！」

賞賛と屈辱《くつじょく》に顔を歪めたラードルフの二撃目が来る。最早《もはや》体で防ぐ他無いと、カリアが覚悟を決めた時だ。

「何をしているんですか」

ぞっとするほどに冷たい声は、その背後から来た。

カリアの頭ギリギリを飛び来たり、振り上げられる槍斧《やりおの》の柄へ一撃。そのまま空中で返す一撃はラードルフの肩を薄く裂く。

あまりに一瞬の出来事。剣戟音《けんげきおん》は動作者が着地してから響いた。

「勇者ッ……！」

「あ――アリ、オス」

一歩退《さ》がったラードルフが、へたり込んだカリアが、その名を呟《つぶや》く。

「はい、司書さん」

その一挙一動は殺意に満ちて、返事だけはにこやかに。

「怪我《けが》はしばしお待ちを。こいつを始末してしまいますから」

言って、勇者が踏み込む。人間でありながら、体に魔力を流す事で魔族を超える身体能力を発揮する、人類の例外。

「う……おおおっ！」

それは驚愕《きょうがく》に吠《ほ》えるラードルフの懐《ふところ》に一瞬で到達し、致命の斬撃を繰り出した。

だが。後方への跳躍と同時に槍斧を構えたラードルフが、間一髪で防ぐ。

「へえ。避けますか今の」

「追い付かれたか……あれほどの同胞を越えて」

勇者の速度に戦慄《せんりつ》しながらも、ラードルフは言う。

「僥倖《ぎょうこう》だ。名にし負う勇者アリオス、我が刃通るか否か」

「そういう空気苦手なんですよ。さっさと死んでください」

――勇者の身体能力は、上級魔族と互角とされている。

上級魔族は、魔族の中でも特別な種族か、個体として性能が図抜けている者が称される。

ラードルフ自体は人馬《ケンタウロス》であり、中級魔族だ。しかし彼の磨き抜かれた個人の武技は、その範疇《はんちゅう》を逸脱している。

「それは貴様次第だッ！」

（出来るのは確か。勝負を急ぐよりは確実に三手目で仕留める）

傍目《はため》には疾風としか見えない人馬の攻撃を、勇者は次々弾《はじ》き返して間合いを詰めていく。

そして、アリオスが締めと定めた三撃目の槍斧を弾く――

「っ？」

高い音が響いた。刀身のみが宙を舞っている。それは、

「アリオスの剣が……！」

ここまで人馬と幾度も切り結び、地面にも叩《たた》き付けるなどの荒技を経た金属疲労が、限界に達していた。

（勝機――同胞の残した傷よ！）

ラードルフの判断が、そして速い。空間ごと削るような横薙《よこな》ぎが、アリオスを吹き飛ばした。

「アリオスッ！」

カリアが叫ぶ。彼女はアリオスが傷付いて帰った姿を見た事がある。彼は最強ではあっても不死身では無いのだ。

焦って槍斧《やりおの》の振り抜かれた先を見る。が、そこには何も無かった。

「いやはや、すごい勢いですね」

声は。ラードルフの手元でした。振り抜いたラードルフの、槍斧を持つ手。それと柄を摑《つか》んで、アリオスはぶら下がっている。

「は!?」

理屈は分かる。一歩踏み込み刃から身を避け、相手の持ち手と柄を取ると同時に足を地から放す。それだけだ。

（いやだからってどんな握力と見切りしてんだ……）

カリアの数秒の啞然《あぜん》、ラードルフの一瞬の驚愕《きょうがく》。

それよりも早く、アリオスは動いた。振り抜かれた腕、そのすぐ横まで迫っていた馬体の背へと飛び乗り、上半身へ後ろから組み付く。

「っ！」

槍斧を持つ右腕の脇に下から右腕を通して封じ、それを左腕でキャッチして首を極《き》める。

つまりは。カリアが決死の覚悟で狙っていた行動を、遥《はる》かにスピーディに、高度にやってのけたのだ。

「では、さようなら」

言葉と共に。上級魔族とも互する剛力が、人馬《ケンタウロス》の頸動脈《けいどうみゃく》を締め上げた。

人馬の左手がアリオスの腕を掴む。しかし、勇者の腕は微動だにしない。

「……か……ご……！」

やがて。ラードルフの手が力を失い、がしゃりと槍斧が地に落ちる。

アリオスはそれを冷たく見て、とどめを刺すためさらにその腕に力を込めようとした。

「──ストップだ。アリオス」

止めたのは、カリアの声だった。手の位置は変えぬまま、アリオスは平坦《へいたん》な声で言う。

「敵ですよ？」

「分かってる。戦争だ。戦って殺すのは……仕方ないさ。でも、今は殺す前に倒せただろ」

戦闘状態のアリオスを間近で見るのは、カリアも初めてだ。肌が粟立《あわだ》つ感覚を覚えながら、慎重に言葉を選ぶ。

「だから。そこからさらに殺すのは、待て。一応、数は少ないけど前線じゃ捕虜交換の例もあるんだ。突破されたって事は、この戦いで向こうに捕まった奴《やつ》がいるかも」

馬上のアリオスと、地上のカリアが数秒見つめ合う。

──ややあって、嘆息したのは勇者の方だった。

「仕方ありませんね。思い出しましたけど僕も殺しは好きじゃないんでした」

ぱ、と手を放して飛び降りる。失神したラードルフは、立ち尽くしたままだ。

「無事か汝《なんじ》らー!」

ポロニアが兵士を率いてやってくる。そこで、カリアもやっと肩から力を抜いた。

「助かったぁ……」

◇

カルタロは、連合加盟国である法亜国から、今回の魔導書修復研修に参加していた人物だ。

彼は今、戦いがほぼ終わったアルーダ基地で横たわる戦死した兵士たちへ、崇《あが》める神は違うが僧として祈りを捧げていた。

(救われたな、セヴァン小天尉らに。彼の、私などよりよほど純粋な信仰に)

法亜国は主神である太陽と風の女神教会が主体となっている国家だ。基地にある王立教会とは奉ずる神は違うが、現代において信仰の形はほぼ同様と言って良い。

カルタロが研修に参加した理由は、無論古い歴史を持つ法亜国に存在する魔導書の運用を学ぶためだが、彼個人としての目的もある。

神が地上を去って遠く、啓示を受ける聖者も絶えて久しく、奇跡(法亜国における魔法の呼び名)をも人から失われた。

(信仰の証明が失われつつある法亜国に差した光――それが魔導書だ)

法亜国においては、魔導書が他国とはまた別の意味を持っていた。

聖典・教義を書き写し、製本し、世へ広める事は聖なる行いのひとつだ。故《ゆえ》に法亜国のみならず聖職者は古くから書に関わり、書を生み、複製してきた。

そして、奇跡が収められた書を修復出来れば、その存在は神の証明となる。カルタロもまた、法亜国軍人僧として命を受け、形ある奇跡を求めてこの任に参加した。

(私は、信仰に証《あかし》を求めた――形を、力を)

同じ研修に参加していた、セヴァンの事も知っていた。彼が良く教会に通っていた事も。

「被害はどうなっている」

声がした。演習へ出ていた基地の部隊が戻ってきたのだ。

「よもやケイアン盆地前線よりの急襲とは。それに我々が参戦出来ぬなどと……！」

その指揮は、クルネア＝ロ＝タンムー中天尉が執っていた。部隊内には貴族出身の士官も多く、彼らがいれば防衛の指揮も一段階上のものになっていたと思われた。

「無理もありません。前線でも、今日の大規模衝突は予測されていませんでしたので」

先任士官のフォローにもクルネアは首を振る。

「何人やられた」

「死亡は六、負傷十二うち重傷五。敵は推測ですが魔導書を探していた様子です」

人馬《ケンタウロス》が五体。仮に殺傷のみを目的として基地内に潜入したならば、その数倍は被害が出てもおかしくはなかった。

クルネアがカルタロの近くへとやってくる。つまりは、犠牲者《ぎせいしゃ》の元へと。

戦死者の一人にかけられていた布を、クルネアはめくり――表情を沈痛に歪《ゆが》めた。

「……セヴァン。お前か」

平民出身の小天尉。戦死した兵の中に、彼の姿もあった。

「敵襲の報《しら》せに、我々――他国の人間は教会に避難していました。そこへ、人馬が」

「貴官は……カルタロと言ったか、法亜国の」

クルネアにとっても、研修で見た顔だった。カルタロは目を伏せる。

「彼は、自隊を率いて教会へと侵入しようとしていた人馬を討ちました。だが……」

そして迷いなく、セヴァンは来た。教会を、人々の信仰の拠《よ》り所を守るために身を呈した。

「見事な戦いぶりでした」

自分などよりも、よほど。カルタロは心中でそう付け加える。

今ある人々の祈りを信じられず、証《あかし》を求めてやってきた自分は。いざとなれば教会を捨てて――他神のそれであるとはいえ――逃げ去るつもりだった。

(だが彼は逃げなかった)

セヴァンの遺体には、胸から腰にかけて深く長い傷があった。一体を倒した後、仲間を救いにやってきた別の人馬に斬られたのだ。

彼が守ったという教会で交わした言葉を、クルネアは思い出す。

「――馬鹿者め。道半ばだろう」

小さな罵倒《ばとう》は、誰にも聞こえはしなかった。

◇

人馬族の急襲を撃退後、二時間後の司令室。

「よくぞ無事でいたアレクサンドル！　そして我が親友よ、よくぞ来てくれた！」

ぎうー、と。勇者アリオスとカリアの首を、両腕でかき抱くポロニアの姿があった。

「ぐええ……」「あっはっは、離れてくださいポロ」

「おっとすまん。淑女《しゅくじょ》に無作法であった」

苦情に、ぱっとふたりを放して、ポロニアは身を翻《ひるがえ》す。司令の席に座り込んだ彼は、改めて天を見上げて重く息を吐いた。

「それにしたところで無茶にも程があるぞ、アレクサンドル……中級魔族に単身、無手で立ち向かうなど」

彼の前に立つカリアは、堂々答える。

「人からの借りモンですよ。利用者の命よりは軽いですが、司書は命を懸けなきゃ駄目です」

「汝《なんじ》だけだそれは……まあ、よくぞ魔導書を護《まも》った。見事だ」

「言いふらしたりしないでくださいよ。また物騒な噂《うわさ》が立っても嫌だし」

「申し訳ない。前線《こっち》の取り逃がしでした」

挟まれた声は、部屋の壁際に立っていたアリオスだ。

「いやアリオス。汝のおかげで王国は恥を晒《さら》さず済んだぞ。アレクサンドルを失えば、帝国へ十年ものの借りになるところであった」

「ええ。彼女は連合の宝ですから」

男二人に蝶《ちょう》よ花よと扱われる居心地の悪い空気を変えようと、カリアは挙手して、

「えーと。中に入った人馬《ケンタウロス》はどうなったんです」

「侵入したのは五体。うち四体は基地の兵により排除。一体は無力化の後捕虜として拘束中だ……アリオスが倒した者だな。そして」

そうしてポロニアが視線を再び壁際に移す。そこにはアリオスと、その横にもう一人。

「基地内で排除した人馬の内、一体はそこなミッターノが単身で討ち果たした。噂通りの勇士よ。褒賞を出す」

「うえっ」「へえ、すごい」

カリアすら（ついでにアリオスも）驚きを隠せない。

そこには先ほどの喧騒《けんそう》にも顔色ひとつ変えずに待機していた、図書係でもある男がいた。

「……恐縮です。不意を討てただけです」

感心の表情を見せるアリオスの横で、目線を髪に隠したまま寡黙に一礼するミッターノ。

「捕虜とした人馬——まだ目を覚まさんが、使い道が決まるまではこの基地で預かることになる」ポロニアは言葉を切って視線をカリアに戻した。「アレクサンドル、苦労をかけた。研修日程は変更するゆえ明日は休め。アリオスと近場の町にでも羽を伸ばしに行くと良い」

「はい？」

「お、それはいいですね」

意外な申し出に、カリアは眼鏡と同じくらい目を丸くして、アリオスはぽんと手を叩《たた》いた。

「そこな勇者も前線に戻るのは明後日《あさって》で良いとの事でな。喜べ、勇者のボディガードなぞ王族でもおいそれと受けられるものではないぞ」

にまにまとそう言うポロニアと、にこにこと見つめるアリオスの間で、カリアは大変居心地の悪い思いをしていた。

「なーんか……なーんか騙《だま》されたよーな気がすんだよな……」

「何言ってるんですか！　せっかくのデートですよデート！」

翌朝。司書準備室で未《いま》だにぶつくさ言っているカリアの癖髪を、エルトラスが梳《す》いている。

「だからデートじゃないんだって……軍服でいいってのに」

「いけません！　勇者殿とお出かけなんですよ？　ちゃんとカリアさんの美しい所をお見せしなければ！」

カリアに服の肩口をあてているのはタレーアだ。話を聞いて、軍服とエプロンと部屋着しか持ってきていないというカリアに、どこからかサイズぴったりな女性服を持ってきていた。

「「ですよねー」」

呼吸ぴったりに、エルトラスとタレーアは言い合う。大変仲良くなって結構な事である。

「んが～……大体あたしが抜けていいの？　今日」

「問題ありませんよ。基地は昨日の事後処理です。殿下も同じく」

「今日はあまり図書館に人も来ないだろうって話ですよ」

これも、立て板に水というコンビネーションで二人が答える。

「その、えーとテルモさんは？　何でも人馬《ケンタウロス》にやられたって」

「腹部への打撲のみという事です。事務仕事ならば今日からでも再開出来ると」

エルトラスの返事に、カリアはほっとする。基地図書館メンバーに犠牲《ぎせい》が出てしまえば、とても平静ではいられないところだ。

「ただ、研修参加の人に被害が出たって聞きました。セヴァンさ……小天尉が」

「！　彼か……」

聞き覚えのある名前。研修中に、そして図書館で見た顔が思い起こされ、カリアは嘆息する。

「部隊長やりながら研修も、って頑張ってたんだけどな……本も、良く借りに来てた」

「はい。わたしも、挨拶してもらった事があります」

他国の兵だとしても、本を通しての関わりがあり、会話した相手だ。胸に来るものはある。

「————うん、これが良いですね。カリアさん！　これで決めましょう」

話題を変えるように、青のワンピースを持ったタレーアが努めて明るい声を出した。外様《とざま》が気を遣わせたな、とカリアはどうにか笑顔を作る。

「ああ、うん……じゃあ夕方の馬車で帰るからさ。よろしく……」

でも何を決めるんだよ何を、と思いながら、カリアは観念した。


基地と町を日に五度往復する乗合馬車は、都会ではほぼ車に取って代わられてしまったが、地方の移動手段としてはまだ現役だ。

時折跳ねる座席を尻で感じながら、カリアは正面のアリオスを睨《にら》んでいる。

「ったく……要らん気を回すもんだよな、ポロニア司令もみんなも」

「まあ良いじゃないですか。今日の格好も似合ってますよ、カリアさん」

「そりゃどーも」

返事をしてそっぽを向くカリア。昨日は鉄火場でそれどころではなかったが、再会してみれば第十一前線基地での事を思い出す。

（う～……魔王軍追い返した時、ほんと良いタイミングでこいつが来やがったもんだから）

なんというかこう、あの時はぐっと来たのだ。あの時は。

（なんか結構ボロボロだったし、こんな必死になってまで来たのかってつい……んぐぐ）

悶《もだ》えるカリアを微笑《ほほえ》んで眺める勇者は、今日は髪を軽く下ろし、カジュアルなシャツにズボン、色つき眼鏡で変装している。何せ人類世界随一の英雄だ。

首から下げたロケットのペンダントだけが少し不似合いだが、こういった服装も普通に着こなしてしまうのがこの男であった。

（ムカつくわ～こいつ。こっちゃスカートで足元が心許《こころもと》ないったら）

思わず癖で足を組みそうになるのを、時折我慢しているカリアさんである。

「これから行くアルーダの町は、名前の通りアルーダ基地の名前の元。王国樹立の時から存在し、数百年前の魔王戦争の戦いでも占領されず残った、歴史有る町です」

「――ん。本では読んだけど行った事無いんだよな。あんたは？」

「何度か。映画館がありますよ。今はガウナン原作の作品やってるんじゃなかったですかね」

連合国において、映画は新しい娯楽だ。今は映像に楽団と台詞《せりふ》役者が音を当てている。

「えっマジか。映画やってんの？　見る見る見よう」

現金にキラキラした目で振り向くカリアに、にっこりとアリオスは二枚の紙をひらひらちらつかせた。

「そう言うと思って、S席チケットをポロニアに都合してもらってます」

「うおおナイスだ！　流石《さすが》ロイヤルが友達だと違うな！」

騒いでいる内に、馬車は街へとたどり着く。

「はい、カリアさん」

先に降りたアリオスが手を差し出す。スカートなのでいらないとも言い難《にく》い。勇者の手を取って、カリアが静かに路上に立てば、道行く人々から気配が向けられる。

「？　何か見られてる？　あんたバレてんじゃない？」

「……カリアさんですよ、見られてるのは。似合ってると言ったでしょう」

苦笑で返された。今日のカリアは軍服とごついエプロンでは無い。カリアの体のラインを見せるようなワンピースとガーデンハットだ。

あの女性のかんばせは、とプリムに隠れる顔に目を凝《こ》らす通行人は数多い。

「ウッソだろおい……ちょ、早く、早く移動」

「ええ。すぐ映画館行きます？」

取ったままのアリオスの手をぺっと払って、カリアは言う。

「いやその前に、鍛冶屋《かじや》」

「……はい？」

数分後、二人は基地の注文も請け負う鍛冶屋に立っていた。

「なるほど、鋏《はさみ》でしたか」

頷《うなず》いて、カリアは鞄《かばん》から布に包んだ大振りの鋏を取り出す。昨日の人馬《ケンタウロス》──ラードルフの攻撃を受けて歪《ゆが》んだものだ。

「このサイズだと専門の店でも無きゃ売ってないしな。使い慣れてるし直せないかなって」

紹介されたのは、アリオスも知るという職人の親爺《おやじ》だ。

「この別嬪《べっぴん》さんも軍の人だって？　かの勇者殿の頼みじゃなくても断れねえなこりゃ」

からからと笑う親爺は、差し出された鋏を見分して、

「ああ、持ち手見りゃ分かる。良い具合に使い込まれてるな……」和《なご》んだ視線が、刃に向けられて厳しくなる。「しかし何して曲げたんだよこれ。腕は良くても道具を大事にしねえ職人は気に入らねえな」

痛いところを突かれて、カリアは帽子を脱いだ後頭部を恥ずかしげに掻《か》く。

「……………いやその、人馬の槍斧《やりおの》受けて」

「え」

あんぐり口を開けてしまった親爺に、勇者がかくかくしかじか。

ぷふっ、と彼は勢いよく噴き出した。

「だっはっはっは！　命と引き替えってか！　そりゃしょうがねえわ！　けどマジでか！」

「マジですよ。僕目の前で見ましたので」

「ぶはははは!?　マ〜ジかよ！　人馬ぅ!?」

めちゃくちゃに笑われた。カリアはぐぬぬと唸《うな》るのみである。

「はー、いや確かにこの歪みはデカくて重い鉄との衝突だな。恐れ入った。研ぎも入れて最優先で仕上げてやる。夕方来な」

赤面をプリムを掴《つか》んで隠しながら、カリアはアリオスと街を歩く。

「ぐぐ……あんな笑わなくてもいいだろ……」

「あっはっは。まあいいじゃないですか、お陰で今日持って帰れそうですし」

カリアの羞恥《しゅうち》を爽《さわ》やかに笑い飛ばしたアリオスが、すっと手を差し出した。

「そんな顔隠してたら転んじゃいますよ。映画は午後一にして、食事にしましょうか。リクエストあります?」

「――パフェあるとこ」

眼鏡の奥の瞳を拗《す》ねさせて、カリアは渋々その手を取った。

名物であるというデカ盛りの冒険者パフェを目の前にして、カリアは先ほどの赤面は何処《どこ》へやら、とばかり瞳を輝かせる。

「おお〜！　五十セルはない？　これ。クリームすげ〜……」

「何百年も前の、まだ冒険者なんて人たちがいた時代を懐かしんで作ったらしいですよ」

パフェの威容に少々引きながら、アリオスはパスタをくるくる回して説明する。

「未踏地がまだまだあった時代だね。彼らが命がけでもたらした情報で、国は魔物や環境への対策を練って土地を広げた。……その時代はそこら中に魔法使いがいたんだよなあ」

驚異的な速度でパフェの高さを減じさせながら、カリアは遠い昔に思いを馳《は》せる。

「魔王や魔導書のような大魔法を使えるものなんて、当時でもほぼいなかったらしいですけどね。僕もその時代に生まれてたら、火とか雷出せましたかねえ」

指先で空想を弄《もてあそ》ぶ勇者に、司書は瞳を細めた。

最強の孤独。時代で変化した人間の中で、一人だけ。

その思いは、カリアには想像する事しか出来ない。

「──あんたと同じような芸当が出来る人もいたらしいね……その時代に生まれたかった?」

「あはは。んー……仲間がいても、司書さんいないならあまり羨《うらや》ましくは無いですね」

ずどん。

「あぁ?」

不意討ちで言葉の銃弾を放たれて、カリアは迂闊《うかつ》にも赤面する──が、それはアリオスには見えない。何故《なぜ》なら。

「どうしたんですか、急に帽子顔に被《かぶ》せて」

「うっさい。黙れ。勇者の癖に銃を撃つな」

「……銃?」

渋い顔ならいくらでも向けるが、顔が紅くなっているのは駄目である。

午後に観に行った映画の内容は、読んだ事のある推理小説を原作としたものだ。ゆえに筋もトリックもカリアは知っているが、

「いや映像ってやっぱすごいな！　他のもやって欲しいわ」「いつかは声や音も映像の中で処理出来るようにならないかなあ」「しかし役者の顔はな……なんかイメージと違ったな」「あそこ省略しちゃったらあの人物の感情よく分かんなくなんない？」「あの俳優！　あれは良かった。殺人シーンの表情も内面を出せてた」「オリジナルの人物入れちゃったからなあ……動機が変わっちゃったのがなあ……」

劇場から出たカリアが、楽しそうに称賛も文句もごっちゃにして雪崩《なだれ》の如《ごと》く喋《しゃべ》るのを、アリオスは微笑《ほほえ》んで聞いている。

「楽しめたようで良かったです。いや動く写真というのは実際に見てみると驚きましたね」

そんな彼に、カリアはふと思い出す。何もかも完璧なこの勇者の、彼女が嫌いなところ。

（『虚構とかよく分からない』って言ってたな……今も、物語自体には何も）

そう思い出せば、彼女の好みと興味を優先して付き合っていたのだという事くらいは、カリアでも分かる。

「また機会が来れば行きましょうか。司書さんがこれだけテンション上げてるのは、中々見られないですからね」

カリアには、同時にはっきりと分かる事がある。彼女へ向ける笑顔の質からすれば、それがどうもこの勇者にとっては、いたく充実していたらしいという事も。

(映画それ自体よりあたしの世話が嬉しいとか、気に食わねえなこいつ〜……)

「?　どうしました?」

「教えてやらん」

ぷいっと顔を背ける。困ってしまったアリオスに、少しだけカリアは溜飲《りゅういん》を下げながら、

「次もあるんなら……まあ付き合ってやるから」

勇者の目が瞬《また》く様を横目で確認しつつ、彼女は鋏《はさみ》を受け取りに鍛冶屋《かじや》への道を歩く。


捕虜にした人馬《ケンタウロス》が目を覚ましたという話を、カリアは基地へ帰ってから聞いた。

「……ラードルフという名前以外の情報は口にしないようです」

そう伝えたのはミッターノだ。彼は先日の戦いで人馬を一体討ち取った実績により、ラードルフの尋問に同席していたのだった。

「しかしすごいなミッターノさんは。人馬を倒すとは」

ラードルフに一撃で気絶させられた図書係のテルモが、同僚を賞賛する。

「……恐縮です。屋根に伏せていた私の眼下を、運良く通ってくれただけの事です」

上方からナイフを構えて強襲した、という事だった。

「十分とんでもねー。あたしなんて一発防いだらもう腕上がんなかったもん」

「い、いやそれもとんでもないですからね〜？　もう二度とやらないでください」

感心したカリアが袖を摑《つか》んだエルトラスに怒られる。『勇者に助けられた』とだけ伝えていた詳細を語ったら、タレーアも参加してやたら怒られたのである。


その日の閉館後、カリアは許可をもらい兵舎の裏にある営倉へ向かった。

営倉とは、規定違反をしたり罪を犯したりした所属兵を入れる場所だ。捕虜であるラードルフは、現在ここに入れられているのだった。

「なんであんたも来んのよ」

「心配しますよそれは」

付いてきたアリオスと共に、営倉警備の兵に司令の許可証を見せる。

「ありゃ、アレクサンドルさんじゃないすか。それに勇者殿まで」

笑顔でそう言う警備兵は、図書館の利用者だった。カリアも何度か顔を見た事がある。

「ちょっと捕虜さんと話がしたくてね」

軽く挨拶して、薄暗い営倉の中へと入る。

「……語る事は無い」

近付く気配を察した声が、先んじて飛んできた。標準魔国語だ。

ランプの灯《あか》りの中で、格子付扉の向こうで一体の人馬《ケンタウロス》が窮屈《きゅうくつ》そうに座っている。

その様子にカリアは少し眉をひそめた。

「ちょっとこれ狭くない？」

「人間用ですからね」

アリオスの素っ気ない答えにカリアは唸《うな》る。

「っ、貴様、勇者か……！」

声に、身じろぎしたラードルフの体が鉄扉に当たる。

「待遇に不満があるなら言った方が良いですよ」

「無い。敗兵の扱いとしては妥当な所だろうよ。──勇者との一騎討ちで死ねるならば本望であったものを」

口惜しそうな言葉に、アリオスは興味なさげに肩をすくめた。

「僕はそこまで貴方《あなた》の命に興味がありませんので。多少やる方だったのは認めますがね」

ちっ、という舌打ち。そこで、カリアが前に出た。

「悪いね。あんたを殺さないように言ったのはあたしだ」

人馬の目が横へ向けられる。カリアの顔は、彼の記憶にも残っている。

「魔導書を持っていた人間か……」

「あたしの名はカリア＝アレクサンドル。人馬ラードルフ。あんたに聞きたい事がある」

その名乗りに、ラードルフの両目がかっと見開かれた。足が立ち、がしゃぁっ！　と扉の格子にその手がかかる。

「貴様……貴様がアレクサンドルかっ！」

「うおっ！」

生粋《きっすい》の戦士が発する気迫に、思わずカリアもたじろぐ。ぶつけられたのは、怒りだ。

「魔導書を実用化した人間！　忌《い》まわしき力、戦士に誉《ほまれ》も何も無い死を与える兵器を！」

庇《かば》おうとした勇者をカリアは制した。こういうのは引いてはいけない。

「うるっせえ！　あたしだって好きでやった訳じゃねー！　大体魔王雷の方がひっでえだろ！」

「戦場から誉を捨てたのは人間であろう！　そこな勇者以外はな！」

「勝手な事を！　今は禁止されてるでしょそっちの魔王雷も一緒に！」

「その脅威をいち早く我らの将が封じたのだ！」

カリアの脳裏に、帝国第十一前線基地で出会ったグテンヴェルという魔族が浮かび、

「協定は、公的には魔王軍からの申し出ですからね」

小声で囁《ささや》かれた勇者の補足で、思いが至った。

（……あ、そうか。あたしが魔王雷と魔導書の禁止をグテンヴェルに提案したのは、あくまで現場のドタバタでだ）

つまり現場の魔王軍兵士としては、このラードルフ同様の認識であるという事だ。

「ふむ――そんで？　あんたら魔導書を奪いに来たって？」

「………………戦士に誉《ほまれ》も無き死を与える魔導書は、存在すべきでは無い」

それきり、ラードルフは口を閉ざした。


「あたし恨まれてんな～。まあ向こうからしたら人間における魔王みたいなもんか」

「それはまた出世しましたねえ」

日が落ちた基地内を、カリアはアリオスと歩く。

「止めても無駄でしょうが、明日からは僕も東のケイアン盆地前線に戻ります。彼にまだ話を聞くつもりであれば、どうかお気を付けて」

「ん……難航しそうだけどね」

カリアは自分と人馬《ケンタウロス》との価値観が大きく隔たっている事を思い知った。

しかしここまでの会話で、カリアはラードルフの性格を、ある程度測ってもいた。

（典型的な魔族の武人って奴《やつ》だな。彼と遭遇したっていうテルモを殺さなかったのも、非武装の兵士なんて武勲にならないからだ）

もう少し、話を聞きたかった。

NOW
OPEN

THE MAGIC
LIBRARY

The Imperial 11th
Frontline
Base

間章

中間管理職はいつも苦労する

アルーダ基地より東のケイアン盆地前線、魔王軍幕下。

ケイアン盆地は、王国が支える現状の前線、その東部に位置する。現在数か月にわたり、そこで王国軍と魔王軍が睨《にら》み合っている理由。

その始まりは、魔王軍の威力偵察だった。

蛇人《ナーガ》部隊と人狗《コボルト》部隊による連合軍の兵力分布調査。その初手で、王国軍の警戒部隊とぶつかり交戦に入った。

払暁《ふつぎょう》から始まった交戦は朝が来るまで続き、一旦魔王軍が後退する事で終わった。だが、

「偵察であればさっさと戻ればいいものを、早々に見つかってさほどの戦果も無かった事を気にしたらしい。両部隊の隊長が任務の継続を宣言してな」

そう嘆息するのはグテンヴェルだ。

しかし、一度見つかっているのだからそうそう隠密《おんみつ》行動が取れる訳もない。複数回の戦闘を経て、両軍ともに部隊を増加させ、短期間のうちに万同士の睨み合いとなっていた。

魔王軍としても攻める予定はあったのだが、大幅に繰り上がった形だ。魔王軍の布陣を見た王国軍も慌てて周辺から兵を集めた。

「そんな経緯なので、即座に全面衝突とはならず様子を窺《うかが》い合っていた、という事ですか」

副官である人狗も、同族の失態に流石《さすが》に渋い顔をしている。

「先日の衝突まではそういう事だ。だが事態は動いた。お互いに部隊の再編成が終われば、再びぶつかる事になる」

語って、グテンヴェルはここまで前振りだったとでも言うように嘆息した。

「……で、魔導書奪取計画を実行したのだな?」

「は。失敗に終わったようですが」

「あれは廃案にしたというのに……存在しただけでも下手に使う者はいるか」

彼は本来、帝国軍と睨み合う別の前線指揮を任じられている。しかし任地が現状膠着《こうちゃく》状態にある事と、この地における数日前の戦いで損害を被った魔王軍が、部隊の再編と戦域の検討を行うにあたり、その助太刀《すけだち》に呼ばれていたのだった。

無論、グテンヴェルが魔導書を保有する部隊と初めて交戦した指揮官である――という事も理由のひとつだ。

「指示を出した者は?」

「第四隊を預かる将の独断であったようです。戻った兵の報告を聞いた後、責を取ると単身突撃。王国軍の追撃隊を相手取って死亡しています」

「ああ、もう……前時代的な」

グテンヴェルは額を覆って天を仰ぐ。責任の取り方にしてももっと別にあるだろう。

という彼の考えが、未《いま》だ武勇の勲と先陣の誉《ほまれ》が生き、独断専行も戦果で正当化される魔王軍においては異端である事も、グテンヴェルは理解している。

「これで王国軍を刺激せねばいいがな……」

また、彼は魔導書の情報を初めて魔王へ伝えるという行動により、その名が広く知られるようになっている。

「刺激、と言いますと」

恐る恐る聞く人狗《コボルト》の副官も、かつて帝国軍との戦いにおいて、魔導書の発動を二度にわたりグテンヴェルと目撃している。

「王国軍の魔導書の暴発を招きかねん、という事だ。そうなればこの前線は壊滅するぞ」

無論その後は対抗して魔王雷も再開される。大量破壊攻撃の応酬になれば、死者は鰻登《うなぎのぼ》りだ。

「………！」

副官が息を呑《の》む様子を横目に、グテンヴェルは眼鏡を拭いて心を落ち着ける。

（カリア＝アレクサンドル……奴《やつ》くらいの考えを持つ人間が、王国軍の魔導書を担当する者たちの中にいればいいが）

よもやまさに今、その人物がアルーダ基地にいる運命の悪戯《いたずら》があるなどとは思いもよらぬグテンヴェルだ。

持ってきた荷物の中にある、彼女から借りた本を読む時間的余裕は——細かい言い回しの理解に帝国語辞書と首っ引きになる——またしばらく持てそうに無い。

「ともかく、ここの指揮官と問題を共有する。影響されてまたぞろ似たような事をやらかす者が出かねんからな」

四章

えらい奴ほど規約を守れ

夜も更けたアルーダ基地。

ポロニアは司令部の中に自身の居住する部屋を作らせており、そのために司令部自体も高い機密性を保持するようになっている。

そんな彼の部屋に、それも深夜。寝台に腰掛け資料をめくるポロニア以外の人物がいた。

「殿下」

タレーアだ。軍服では無く、夜着である。ポロニア以外に、側付《そばづ》きである彼女だけは司令部で寝起きしている。

湯浴みを済ませローブ一枚をまとった主の横に腰掛ける。

「バルンダル。進捗《しんちょく》はどうだ?」

ポロニアの声は落ち着いており、そこに無礼を咎《とが》める色は無い。

「順調です。先日の襲撃による影響も最小限かと。……数名、王都へ逃げ帰った者はいるようですが」

「学者連中はな。基地に侵入などされれば無理もあるまいよ」

ふんと鼻から息を抜いたポロニアが、新たに資料をめくる。

「今回の基地襲撃、魔導書奪取はおそらく、魔王軍全体の方針では無かろう。現場の一部将校の勇み足といったところか」

「何故《なぜ》、そのように思われるのですか？」

問う声に、ポロニアは視線だけは資料に向けたまま答える。

「魔王軍の主流が協定維持である事は疑いようが無い。協定の原案はアレクサンドルでも、申し出てきたのは向こうだからな。魔王と、多少でも頭が回る者は前線での魔導書使用を恐れているだろうよ。わざわざ刺激する意味が無い」

「大局の判断者ではない、という事ですか。……ならば、セヴァン小天尉は残念でした」

「ああ……研修にも熱心だったと聞く。惜しい者を亡くした」

そのセヴァンの思想調査資料を見ながら平坦《へいたん》な声で言うポロニアはそこで、視線を資料から外した。ここではないどこかを見ながら。

「そうだ。恐れている。…………恐れているのだ、あちらは」

それも一瞬の事。彼は次の資料に目を落としてめくり出す。

「魔導技師隊の派遣は」

「要請は通りました。今週の内に帝国の隊が派遣されるかと」

「魔導書修復の方はどうか」

「は。『天墜《お》とす瞳』の方は再修復が終盤に差し掛かっております。申請・報告書でご確認の事と思いますが、教材としての補修に加え、アレクサンドル女史が実習後に自身で補修も加えているようです」

ポロニアが頷《うなず》き、先を促す。

「もう一つ……王国民ワイアスより接収した魔導書。こちらは未《いま》だ効果が不明であるようです。相当に古いものであり、実習教材にも用いていますが、難度が高いために修復自体はアレクサンドル女史が主で進めております」

この夜の今も、修復作業をしているはずであった。ポロニアが今見ているのはそちらの持ち出し申請書である。

「よし。タレーア。汝《なんじ》は――」

言葉を切って見つめれば、タレーアは瞳を伏せて頷く。

「……存じております」

「汝があの者へ個人的に敬意を抱いているのは分かっている。余とて感ずる所もある。しかし、アレクサンドルは帝国の人間だ」

そこで、ポロニアは顔を伏せたタレーアのあごを指でくいと上げた。

「苦労をかける」

顔を寄せる。タレーアは恍惚《こうこつ》に目を閉じた。

◇

人馬族《ケンタウロス》の強襲から数日後。アルーダ基地は日常を取り戻しつつあった。

「それは場所が違うぞ。分からねば返却台に乗せておけ」

精一杯柔らかな声で、クルネア＝ロ＝タンムー中天尉は、本を書架へ差そうとしている平民出と思わしき兵に語りかけた。

「っ……はっ、申し訳ありませんでした！　中天尉殿」

「――他所《よそ》はさておき、ここでは同じいち利用者だ。そう畏《かしこ》まるな」

中天尉という階級に姿勢を正す兵を、クルネアは頷いて諭《さと》す。

今日はアルーダ基地図書館の全体利用日だ。図書館には、貴族と平民が入り交じっている。当然の帰結として館内は活気に満ちており、時折カリアの叱責《しっせき》が響いている。通常少人数で静謐《せいひつ》の中利用している貴族出身の士官たちは、表立って口には出さぬものの多くは不機嫌そうにしていた。

（やはり一朝一夕で上手《うま》くは行かんか。……セヴァンが生きておればな）

先日戦死した、平民出の小天尉をクルネアは思い出す。彼ならば、平民出の兵たちの図書館利用を上手く統制出来ただろうと思っていた。

物思いに耽《ふけ》りかけたところで、自分の袖がくいくいと引かれている事に彼は気付いた。

（カリア……アレクサンドル）

振り向けば、そこにいるのは帝国の魔導司書だ。彼女は無言で、親指を奥へ向けていた。

「――どういう用件だろうか」

カリアに従ってこっそり入った応接室で、クルネアはカリアに問う。彼にとっては研修でも図書館でも会う顔だが、話した事はほぼ無い。

「先ほどのやり取りを見せてもらった。クルネア＝ロ＝タンムー中天尉」

自身の姓名をさらりと出されて、クルネアは表情を改める。本当はポロニアが伝えた派閥疑惑の事でカリアは覚えていたのだが、彼には知りようが無い。カリアは続けた。

「貴方《あなた》、もしかして平民出の兵隊の図書館利用マナーを向上させたいと思ってる？」

「……肯定だ。そして、利用においては貴族と平民の垣根も払うべきだとも思っている」

「その心は？」

「結局、銃を撃ち、魔族と戦う兵の大多数は平民だ。彼らに基地の娯楽施設が自由に使えない状態は、公平さに欠ける」

セヴァンを思い出しながらのクルネアの答えにカリアはその口元に弧を描いた。

「――いいね。実にいいよ。それじゃあ、軽く協力してもらおっかな」

そして、およそ六時間後。夕の大休止だ。

「だっかっら、館内でモノ食うなっつってんだろぉがぁあ……！」

「ぎぇえええぇぇ！」

芋のチップスを食いながら雑誌を広げていた平民出身の王国兵が、両のこめかみをカリアに拳で捩《よじ》りながら挟まれ、苦悶《くもん》の叫びを上げている。周囲はドン引きだ。

「アレクサンドル殿。その辺で勘弁してやってもらえないだろうか」

そんな修羅場へ横から声をかけたのはクルネアだ。カリアは不機嫌な視線を向ける。

「──あ、そ。良く言い聞かせといて」

兵を解放し、彼女は見回りに戻っていく。机に突っ伏す兵をからかう別の兵隊が集まる。

「おーい生きてるかー」「今日は司書殿機嫌悪いな」

クルネアはそんな彼へ微笑《ほほえ》みながら優しく語りかけた。

「大丈夫か？　これに懲りたら図書館での飲食は止《や》めておけ」痛みにしかめた顔を上げる兵へと続ける。「読書は確かに飲食ついでにしたくはなるがな。兵舎でだけにしておけ」

「へえい……助けてもらってすいませんした、中天尉殿」

柔らかな指摘に、流石《さすが》に違反した兵も礼を言わずにはおれない。頷《うなず》いたクルネアは周囲の兵にも目を向けた。

「基地図書館の本は市民の税金や寄付からなる。私も汚さぬよう気を付けるとしよう。アレクサンドル殿に仕置されたくはないからな」

クルネアがそう冗談で締めれば、軽く噴き出す音と、くすくすと笑うさざめきが広がる。

そこからは、私語も明らかに一段階ボリュームが落ちた。

そうして、カリアの叱責《しっせき》をタレーアや他の貴族士官が止めて指導するという風景が二、三起こって、夕の大休止は過ぎていった。

「……ま、こんなとこか。小芝居ありがとうね、タレーアさん」

閉館処理の後、カリアはタレーアへと感謝を告げた。

「いえ、実際日常業務の延長でありましたから」

「そだね、やった事は単純。ダメダメ利用者であるところの平民出の兵をあたしがキツく叱って、そこを貴族出にフォローさせるってだけの」

——昼の後だ。カリアとタレーア、そしてクルネアは貴族たちを集め、図書係による平民利用者の違反叱責後のフォローを貴族利用者に依頼した。

これに協力した貴族は、クルネアの意見に同調した貴族たちだ。

「平民の利用態度において、苦々しく思う気持ちは私も分かる。だが、彼らを導くのも幼少の頃より高度な教育を受けた我々の責務ではないか」

要は、叱責の後の指導部分をクルネアら貴族出に任せたのだ。とはいってもカリアが違反者を叱り飛ばすのは常日頃の事、かつ当然やらなきゃならない事なので迫真である。つまり、彼女に芝居っ気はゼロに等しい。

そして、現状の平民出王国兵に対しては、叱るべきポイントは山のようにある。

（つまり実質的には貴族出に平民出へ優しくしてやってと頼んだだけ、なんだが）

そしてカリアは、一般の兵らにとっては招聘《しょうへい》された他国の貴族、そして上級士官だ。如何《いか》に親しみやすい性格とはいえ、そんな存在に叱責を受けて、

「そこを自国の貴族が庇《かば》ってくれる、と。こんな単純な事でもね。普段命令以外で関わらない雲の上の人間に、仕事じゃないとこで助けられるってのは効くもんだよ」

「恩が出来れば、その方の顔を潰《つぶ》さないように気を付けもする、ですか」

タレーアが神妙な顔で頷《うなず》いている。規則規則と押し付けるよりも、人情に訴えた方が効果的な場合も存在する。

補助輪付ではあるものの、アルーダ基地図書館は徐々に貴族と平民が入り交じる空間となっていく。


「研修の方は——少し、人が減りましたね」

ある日の午後。実習を終えた基地図書館講堂で、エルトラスが後片付けをしつつ呟《つぶや》いた。

「直接攻撃後だしまァ仕方ないよね。でも思ったより残ってるよ。連合他国から参加の人はやっぱ気合入ってるな。えーと名前は、カルタロとかなんとか」

法亜国から出向いている研修参加者だ。祖国に技術を持ち帰る決意を持った人間であり、その熱意は高い。

(それにしてもこのカルタロって人、熱意が一段上になったというか。何か刺激される事でもあったか?)

魔導書修復研修も実施期間の半分を過ぎ、実習に使われた古書も最初とは見違えるような状態になっている。カリアは準備室に持ち帰る資料をまとめ、タレーアに声をかける。

「ちょっとあたし出てくるからさ、タレーアさん金庫に魔導書の返却よろしく。また夜に修復申請書出すけども」

それに、タレーアはむっと眉を厳しくした。

「魔導書の事は了解しましたが……カリアさん、もしかしてまたあそこへ?」

「やべ」

勘付かれた! とばかりにカリアはそそくさ講堂を出て行く。エルトラスがやれやれとばかりに嘆息した。

「ああ、またですかぁ~……」

アルーダ基地営倉前。カリアはそこで、嘆息してトレイを持つ兵を見る。

「よっす、ミッターノさん」

「……アレクサンドル殿」

「殿はやめてって言ったでしょ。そんで名前でいいよ。仕事仲間なんだからさ」

さほど減っていない冷めた食事が載ったトレイを持つのは、図書係でもあるミッターノだ。営倉から出てきたところである。

捕虜となって営倉に入れられている人馬《ケンタウロス》族の戦士ラードルフ。ミッターノは、先日人馬を単身で撃破した経歴を買われ、彼の尋問役兼監視役にもなっていたのだった。

「司令の抜擢《ばってき》だって？　大変だね、図書係の仕事もあんのに」

「……恐縮です。隊にも配慮をしてもらっておりますので」

相変わらず物静かではあるが、聞けばきちんと答えるし言うべき事は言う、優秀な軍人だ。

カリアの視線はミッターノの持つトレイに向けられる。

「食事をほとんどしないって聞いたんだけど、今日も食わないの？」

「……は。自分が毒味した水は飲みますが。恐らく、身体《からだ》に残った魔力を消費する段階に来ています」

人間で言えば飢餓《きが》から来る自己消化状態という事だ。

「話は？」

「……自分は標準魔国語が一応出来ますが、それでも中々応じてはくれません」

ううむ、とカリアは口元に手を当てて考える。

人馬《ケンタウロス》の巨体を維持するカロリーは、当たり前だがかなり大量だ。動物の馬でも、四六時中草を食《は》んでいる。

「どうにかしないと、餓死するな……少し見せて」

トレイに載せられているのは、大量のパン、ジャガイモと玉ねぎのスープ、鶏肉だ。営倉に入れられた兵士用のメニューで、普段食堂で食事を済ませるカリアは初めて見る。

「――あ、そうか」それを見た事で、カリアは閃《ひらめ》く。「えーと、そーなると……」

即座に算段を始める彼女を、ミッターノは戸惑ったように見ていた。

そんなやり取りの、数時間後だ。

「オラァ！　飯の時間だ！」

どかーん、と日が落ちてさらに暗くなった営倉の扉が再度開かれる。無論、カリアだ。その横にはミッターノが控えて、トレイを持っている。

ずかずか歩く彼女たちの行く先には、士官用の部屋がある。

「……貴様か。大きな声で下品な女だ」

薄い照明に浮かび上がるのは、ラードルフだ。数日食事を摂《と》っていない頰はこけているが、まだ目に生気はあった。

「お、流石《さすが》に今の部屋は余裕あんな」

人馬の身では、方向転換すら苦労するスペースだった最初の場所よりも広いそこを見て、カリアは満足げに笑う。

「場所変えをさせたのは貴様か？」

「そっ、感謝していいよ。しなくてもいいけども」

そう言うカリアの横で、ミッターノはがしゃりと重量感ある音を立てて、トレイを差し入れ台へ置く。

「……新しい食事です」

「何のつもりだ」

怪訝《けげん》な声に、カリアはふんと鼻を鳴らす。

「せっかくの捕虜に死なれたら困るからね。しっかり食って飲んで出して寝ろ」

台に置かれたトレイを見て、ラードルフの目がわずかに見開かれた。

大量の刻み野菜に果物を混ぜた山盛りのサラダと、茹《ゆ》でて塩を振った同じく山盛りの大豆とトウモロコシ。そしてビートスープだ。

「これからはこいつを持ってくるから。味変とかリクエストがあるなら言って」

サラダの内容物を見て取って、ラードルフは戸惑ったように問う。

「……何のつもりだ」

「そりゃさっき言ったぞ」

即座に答えて、カリアは皿の中からひとつまみずつ取って、口に運んだ。

「うん、美味《うま》い。ほら毒味も済んだ。ちゃんと食えよマジで」

そうして、取り出し口にトレイを置く。

「…………」

黙り込むラードルフに、カリアたちは来た時と同じようにずかずかと去って行く。

標準魔国語で行われたやり取りに、何だありゃ、と普通に営倉に入れられていた素行不良の兵士が彼女らを見送っている。

そうして、カリアが監視の兵に礼を言い営倉から出ようとした時だ。

「カリア＝アレクサンドル」

名前を呼ばれた。カリアとミッターノは振り返る。続けて、先ほどよりは小さな声。

「——礼は、言っておく」

◇

ここに至るまでの内幕は、このようなものだ。

営倉からトンボ返りしてきたカリアの申し出に、タレーアは——当然だが、困った。

「はっ？　いえ、その……話は分かりましたが、私の一存で待遇を変えるなどという事は……」

彼女の性格的にも、職務的にも判断が付かない事である。

「許可があればいいって事ね」

次に、ポロニアは苦笑して、呆《あき》れたようにカリアを見た。

「自分を襲った者をな。汝《なんじ》はあれか、退役後は聖職者にでもなる気か？」

「なりませんよ肉食えなくなるし。それに、人道的配慮は国際条約にもあるでしょ」

「それは人類国家の話であろう。……ま、良い。許可する。タレーア、同行して後で仔細を知らせよ」


そしてさらにその次、カリアはタレーアを伴って食堂にいた。

「バルンダル小天尉……とアレクサンドル殿。どうなさったんです？」

目を白黒させるのは厨房《ちゆうぼう》のコック兵だ。タレーアが嘆息してから、一枚の紙を渡す。

「ええと……はい、捕虜の食事について、案が出ました。ここに書かれた食材を使って調理してください」

「はあ？　どういうこってす？」

首を傾《かし》げたコック兵へ、カリアが指でバツ印を作る。

「これまでの食事をあの人馬《ケンタウロス》が食わなかったのはね、彼には食えないモンが入ってたから……これ以上は専門家から」

そ、とカリアはタレーアを手で示す。こほん、と彼女が前に出た。

「専門家ではありませんよ。素人説明です。……人馬族《ケンタウロス》は上体に胃があって、さらに馬体にも胃腸があります。胃が二つあり、腸も長いゆえに動物の馬よりも食性は広いですが、それでも食べられない物はあり、それによる弊害もあります」

タレーアは、軍に入る前は博物学を修めている。その知識は広範で、魔物の生態にもある程度通じていたのだった。

カリアもまた、乱読の性により、ラードルフに与えられていた食事の問題に気付いた。それを、タレーアに確認してもらったのだ。

「胃腸が長い事によるガスの蓄積がその第一で、一部の野菜が引っかかります。パンも、腸内成分の関係で毒となります」

コック兵は怪訝《けげん》な顔で聞いている。人馬族は今では人間とほぼ関わりが無い。彼らの食性などは一部の書物に残るのみで、人間の調理師が知る事はあまり無い。

「要するにケツの穴までが長いんだよあいつら。ゲロもしにくいワケ」

あまりにも明け透けなカリアの要約に、タレーアとコック兵は少し顔を紅くする。

「その紙に書いてある野菜を使ってやってくんない？　メニュー例も作ってきたからさ」

カリアが手を合わせて頼み込んで、タレーアが再び引き継いだ。

「人馬族は個体によっては肉類も食べますが、それでも元々の種族特性として肉食はあまり好みません。彼等特有の馬体腸内の作用により、植物食で十分肉体を維持出来るのです。また、魔族は食物からも魔力の補給をし、それが身体保持にも使われるため同サイズの動物よりも必要カロリーはやや低くなります」

そうして。コック兵が怪訝な顔のまま作った食事を受け取ったのである。

「全く、殿下――司令にまで直訴するなんて」

厨房《ちゅうぼう》を出たところで、タレーアが少し呆《あき》れたようにする。

「あたし部外者だもん。捕虜の待遇まで変えるなら許可いるでしょ」

何か不思議が？　みたいな顔で言うカリアに、タレーアは天を仰いだ。

「そういう事ではなく……いえ、良いです。段々私も慣れてきましたので」

研修講師、新しい魔導書修復、図書館業務補佐、そして捕虜の面倒。

カリアのアルーダ基地における仕事量は、他国民とは思えぬものになっていくのであった。

◇

カリアが戻って来てみれば、再びやってきた全体利用日の館内は活気がありつつも、静寂をぎりぎり維持するようなざわつきで収まっていた。

「おおー、全体利用日でもみんな結構静かになってきたな……」

「繰り返し規則を叩《たた》き込んだ結果、ですかね」

テルモがカウンターで利用者をさばきつつ答える。

「お疲れ。流石《さすが》客商売経験者。相変わらず良い手つきだ。あたしたちも入るから」

「利便性さえ上がれば、文句を言うような人は少なくなるものですよ」

「み、ミッターノさんも睨《にら》みを利かせてくれますもんね」

エルトラスが胸の前で両の拳を握って、むんと気合を入れる。

（あれは睨みを利かせるポーズなんだろか……）

カリアにしてみれば微笑《ほほえ》ましさしかない。本当に軍人なのかこの娘は。

なお、利用している王国兵の感想も、

（かわいい）（かわいい）（嫁に欲しい）

こんなもんである。ミッターノだけではなく、彼女もまた図書館の平穏に一役買っている。

『余所《よそ》の国から手伝いに来たお嬢さん』にみっともない様は見せにくい、ってとこかな」

実際はエルトラスの方は平民出だ。お嬢さんとはほど遠い身分なのだが、一応帝国貴族で上級士官でもあるカリアの側近として出向している関係上、一般の兵にそれは分からない。

「いやアレクサンドル殿、あんたもですよ」

カウンターにいるカリアの小さな呟《つぶや》きに、苦笑気味に本を差し出して来たのは若い兵だ。

「？　あたし？」

「そっす。こないだ侵入してきた人馬《ケンタウロス》とやり合ったって話、基地中に広まってますぜ」

「うえ、マジか」

カリアは嫌そうに口元をひくつかせた。彼女にとってはポロニアに口止めするくらい散々な記憶でしかなかったのだが、人の口に戸はたてられない。やや遅れたタイミングで、兵たちの間でじわじわ広がっていたようであった。

そこへさらに別の王国兵たちが笑いかける。

「王国《うち》の魔導書を命懸けで守った女傑、ってね」

「正直俺ら、アレクサンドル殿は結局帝国の人なんだから、って思ってましたが」

「あれで考え変えた奴《やつ》は多いっすよ。筋金入りだってね」

「まあ俺は図書館に来た時からこの人はひと味違うって思ってたけどな」「あっお前それズルいだろ」「後から言ってんじゃねえよ」

ざわざわ。ざわざわ。

現れたカリアに、王国兵が集まってくる。先日の基地での戦いに、実際に参加した者たちも多いのだ。中でも、連合国の方針に影響を与えた女軍人、さらに勇者も絡《から》んだエピソードに耳目が集まるのは無理も無い事と言えた。

「うっさい静かにしろ！　あたしが原因で騒がしくなるとか嬉しくねーにも程がある！」

顔を真っ赤にして拳を振り上げるカリアに、王国兵たちが「わあ怒った」と千々に散る。ただ、その顔は一様に悪戯《いたずら》小僧のような笑顔だ。

「よくもまあ、あそこまで馴染《なじ》みますよねあの方」

「……裏が無い、と思わせるからでしょう。それがどこから来るのか……」

苦笑するテルモと、館内整理から戻ってきたミッターノがそれを眺めている。

「カリアさんは、本が一番大事っていうのが分かりやすいですから」

最早《もはや》一年近い付き合いになるエルトラスが、王国兵をとっちめに行ったカリアの代わりにカウンターに立ち、眺めている。

「わたしたちも本を愛する限り、絶対に裏切らないんです」

アルーダ基地図書館の利用者数は右肩上がりになってきている。身分による利用日分けから来る軋轢《あつれき》は未《いま》だ完全解消とはいかないものの、全体利用日の貸出件数は軽く数百を超える。

「あんにゃろどもめ、逃げ足が速い……」

ぷりぷりしながら戻るカリアを、図書係はやれやれと見る。


「そうですか、ラードルフの件……そんな事になっていたのですね」

閉館作業をしつつ感心するのはミッターノだ。ラードルフの食事改善を説明され、得心したように頷《うなず》いている。

「それでずっと帰って来なかったんですね〜。夕方、人多くてたいへんでした……」

カウンターの椅子でふへえ、と鳴くエルトラスに、カリアは掌《てのひら》を立てた。

「ごめんねエル。でもまあ死なれると夢見悪いしさあ」

「……私はあの魔族に殴られたんですよねぇ……恐ろしや」

腹をさすってテルモはそう漏《も》らすが、彼もラードルフに『見逃された』のは理解していた。

「何というか、古い武人のような魔族ですね、あれは」

「魔族全体が、多かれ少なかれそんな具合なんだよ。だから、魔導書を嫌って奪取に突っ込んだりもする……司令からすると、一部の暴走だろうって話だけども」

ミッターノが、それに小さく頷いた。

「……自分が相対した人馬《ケンタウロス》も、そのような具合でした」

彼が言うには、建物の上から飛び降りて急襲し、その後傷付いた人馬をどうにか倒した。

「……最期の言葉は『見事』でした」

現代の人間同士の戦争では、まず無い事だ。そういう相手と戦争をしている。

「確かに価値観は違う。けどあたしは話が出来る魔族、他にも知ってるからさ」

「カリアさんも頑張ったんだし、捕虜さんから何か有益な情報が聞けるといいですね～」

「そ、そだね。中々難しいだろうけど」

手をぽんと叩《たた》くエルトラスに、単なる知的好奇心ですとは言い出せなくなり眼鏡を拭いて誤《ご》魔化《まか》すカリアさんである。

「それなんですが、御報告があります」

事務スペースの方から現れたのはタレーアだ。司令部へ報告に行っていたのである。

「捕虜が食事を完食したとの事です。このことから、司令よりカリアさんに尋問同席の許可が出ました。貴女《あなた》がいれば、態度の軟化があるかも知れない、と」

「え、マジで？　いやでも、どうだろな。あたしを向こうは嫌ってるっぽいしな……」

眼鏡をかけ直して、カリアは考える。恩義とか感じてくれるだろうか。

「どの道未《いま》だ何も聞き出せていませんから。駄目元、では無いでしょうか。勿論《もちろん》、その場合は申請とミッターノ天補の同行をお願いします」

「ん、了解しました。ミッターノさん、悪いね面倒かけて」

「……恐縮です。自分は構いません。鍵の確認も終わりましたので失礼します」

作業を終えたミッターノは、借りた本を持ってクールに席を立つ。去る彼を見て、感心したようにテルモが頷《うなず》いた。

「彼も魔族に負けず劣らず武人めいていますね」

「う、うん。そうだね」

同意しつつ。カリアはそっとミッターノの貸出カードへ視線を向けた。

（『令嬢ペリーヌのドキドキ恋愛事件簿』か……）

ちょっと遠い目になった。

翌日。カリアは早速ミッターノを伴い、再び山盛りの食事を持って営倉に足を運んだ。

「おう。ちょっと話しよーぜ。飯の後でいーから」

「調子に乗るな。待遇の改善には礼を言うが軍機を話す気は無い」

にべもなく言うのはラードルフで、しかし彼は次々とサラダを平らげていく。

「いや別にいーよそれは。あたしの仕事じゃねーし」軽くそう言って、カリアは椅子を引っ張ってきて座る。「あたしがあんたと話がしたいだけ。ミッターノさんも座る？」

護衛の役割も担《にな》うミッターノが首を横に振れば、ラードルフは視線をそちらに向けた。

「お前がヤーケリスを倒した兵か」

その意外に、ミッターノは一瞬前髪の向こうの瞳を瞬《またた》かせたが、すぐに自身が仕留めた人馬《ケンタウロス》の事であると察した。頷く。

「奴《やつ》は立派に戦ったか」

「……強い、人馬だった。先手を取れていなければまず勝てなかっただろう」

これは彼の実感だ。初手で相手の右鎖骨の隙間《すきま》を刺し、片腕の自由を奪い多くの出血を強いた。それが無ければ、如何《いか》にミッターノでも人馬とのフィジカル差は覆《くつがえ》せるものでは無い。

「そうか……倒れた同胞も、そのように戦った末ならば良いが」

床を見て呟《つぶや》く人馬。

（それで連合軍の兵隊も死ぬんだけど……言ったところで文化が違うからなあ）

基地の襲撃で戦死したセヴァンを思い出しながら、司書は頭の後ろを掻《か》いた。同族への仲間意識が強いのは、これまでの印象とも合致する。

「あー、まあ、外のはそこそこ退却したらしいよ。基地に来たのも、勇者の方行ったのも」

ちらと瞳がカリアに向いた。目を合わせてみれば、すぐにそっぽを向かれた。

「戦士としての死が最も良い。生き延びるのはその次に。……だが、魔導書による死には名誉も無い」

何度か聞いた話だ。カリアは戦士では無いが、彼らの立場になったつもりになれば気持ちは分からないでも無かった。

(鍛えた体も技も何の意味も無く、自身を狙った訳でも無く、ただ木石のように一緒くたに吹き飛ばされる)

戦いも何も無い死。

弾丸の一発で死に、近くに砲弾が落ちても衝撃と破片で死にかねない人間には、最早《もはや》当たり前の戦争の実感。だが優れた身体能力を誇る魔族にとっては、現代の武器をもってしても未《いま》だそうなっていない。

「……魔導書はあたしも使いたくないんだよ。あれは命を単なる数にする」

敵兵の殺害数で言えば今や連合軍全体でも堂々の一位、魔王軍含めても第二位――一位は魔王だ――であろうカリアが、静かに言った。

「妙な事を言うものだ。……貴様は会った時も魔導書を使う素振りも無かった。魔導書を使えるようにした人間だろう」

「そう。そんで使えなくなったのに一番安心してるのもあたし」

自嘲《じちょう》の笑みを浮かべるカリアを、ラードルフは怪訝《けげん》そうに見た。

「自身で作り出した兵器を恐れるのか」

「あたしは作ったんじゃない。直しただけ。……そんで、そうだよ。あたしは怖い。魔導書が、戦争に使われるのが。

——安心してっつうのも変だけど。あたしとあたしの上司の目が黒い内は、魔導書は魔王軍にもう使わないよ。それは言える。……だから、たった数体で基地に突撃するとか、次からもう止《や》めときなよ」

魔導司書の——ラードルフにとっては意外極まる発言に、彼は思わずミッターノを見た。

「……彼女は本気で言っている。王国とて協定には肯定的だ」

この返答に、ラードルフは己の認識を省みた。

(魔導書を使い、三千の魔族を殺した『魔法使い』の女。魔王様と同質の力を持ち、戦場に死を振り下ろす悪魔)

だが。ラードルフが実際に見て聞いたものは、魔導書を守りはしても使わず、敵である自分の殺害を止め、捕虜の食事にも気を遣う女の姿だ。

（およそ戦士のそれでは無い）人馬族《ケンタウロス》が敬意を抱くような手合いではあり得ない。（——だが、無惨をもたらす悪魔でも無い）

認識を改める。少なくともそこだけは。ラードルフは顔を上げた。

「……食事代としての雑談程度にならば応じてやる」

カリアはミッターノと顔を見合わせて……半ば無理矢理ハイタッチした。

◇

帰り着いた兵舎の室内で、ミッターノは細かく手元を動かしている。

『カリア＝アレクサンドル　魔導司書　帝国民　魔法協定の真の発案者　まず可能性は無い』

『エルトラス　同じく帝国民でアレクサンドルの腹心的人物　こちらもまず無い』

『テルモ　天兵長　図書係　魔王雷による自店舗消失という軍参加の経緯からか　大量破壊手段には否定的　可能性は薄い』

『タレーア＝ル＝バルンダル　小天尉　図書係　司令側付　魔導書使用候補者　技術修得に意欲的だが決断力に欠ける面あり　戦争全体について積極的な主張を持つとは考えにくい　保留』

『セヴァン　小天尉　魔導司書研修参加者　アルーダ基地防衛戦により戦死　過去　帝国魔導司書による研修に批判的意見を出していた』

『クルネア＝ロ＝タンムー　中天尉　魔導司書研修参加者　表面上は王国の魔導書運用に肯定的　注視』

『カメリー＝タ＝ペンテニス　大天尉　副司令的な業務も行い戦闘指揮も執る　過去において魔導書による作戦案を複数提出　注視』


図書係の面々の他にも、幾人かの士官の情報を彼は送信し続ける。

ミッターノの操作しているものは最新の小型無線電信機械と呼ばれ、電波信号を遠方へ送り、受信側で文字情報に変換するものだ。アルーダ基地の司令部にも大出力の機器が存在するが、無論、普通は兵の部屋にあるものではない。


『未《いま》だ確定ならず。推測通り上級士官に存在する可能性あり』


中継地へと報告を送り終え、彼は嘆息して先ほど借りた小説を開いた。

（……落ち着けるのは本を読んでいる時だけだな――いや）

ふ、と普段は引き結ばれたままの口元を緩める。図書係。あれも、悪くない。

（……帝国の魔導司書。どのような方かと思えば、あそこまで裏の無い上級士官が存在するとは。係の方々も含め、あの場所にいる時は心が落ち着く）

軽く目を閉じれば、カリア、エルトラス、テルモ、タレーア。図書館の面々が思い浮かぶ。

（……最初は司令から思わぬ仕事を与えられたと思ったが）

今では感謝の気持ちすらある。

ミッターノ天補。中級魔族を単身仕留める戦闘力。窮地においても決して諦めぬ精神力、確かな判断力と寡黙で無駄の無い行動。

勇者という例外を除けば、王国でも五指に入る練達の戦闘員と言っても過言では無い。

——彼は、密偵である。

◇

ラードルフの件、そして図書館運営がありつつも、魔導書修復研修は同時に進められていく。

「そろそろ手持ちの古書も大分まともな見た目になってきたと思います」

壇上のカリアの言葉に、研修参加者は手元へ目を落とす。それぞれのそこには、整った状態の表紙と背を見せる本がある。

「人生で一番革扱った気がするな……」

「表紙用のみならず、まさか羊皮紙を作らされるとは……」

魔導書の表紙は多くは革製だ。本体にも多く使われている羊皮紙も含め、魔導書修復は革の扱いから逃れられない。

遠い目をする研修参加者であるが、実際の所使用されたのは工程ごとに既に用意してあったものだ。手順を覚えさせるためである。

なお、調達担当はカメリー大天尉だ。ポロニアに命じられ手配をさせられて遠い目になった。

「しかし表紙、か。機能的な意味で魔導書に必要なのだろうか？　これは」

法亜国の研修生——カルタロがそう呟《つぶや》いた時、

「表紙の修復は、魔導書の効果にさほど影響しない、という論があります。中身と解読さえ出来ていれば効果は変わらないと」

壇上から答えるようにカリアが言い、カルタロはむ、と顔を上げる。

「確かに魔導書には巻物型もあり、表紙のあるなしは性能自体には大きな影響を与えないと考えても間違いは無いでしょう。ですが、元から表紙がある魔導書の場合、それは発動時の本体魔力負荷と、散逸の軽減の役割を果たしていると考えてよろしい」

これは実際に魔導書を使ったカリアの実感だ。発動時に流れる魔力は、表紙で内部に留《とど》められていると感じる。

「ほお……」納得の声があちこちで漏《も》れる。カルタロも感心した顔で頷《うなず》いている。

「で・す・が！」

思わず自身の手元の本を眺めた研修参加者たちが、カリアの強い声に再び視線を彼女へ向けた。

「講義の最初にも言いましたが。まず何よりも、本としての形を完璧にする。その意識を最初に持つ事です。それが修復の本質です」

カリアは言い切る。これが本題だ良く聞けと念じながら。

「ひいては使用後に不可避となる破損の大小にも関わり、後の修復を楽にします」だん、と机に掌《てのひら》を叩《たた》き付ける。「良いですか。魔導書はそもそもが稀少《きしよう》な文化財です。使用後に修復するまでが運用とお考えください」

その殺気まで込められたかの如《ごと》き眼力に、研修参加者たちは気圧《けお》されざるを得ない。

事実、今カリアの手元にある『天墜《お》とす瞳』は再修復であるという事も手伝い、ほぼ完品に近い状態になっている。

「んじゃ今日は破損ページの文章、その内容の推察と補筆について実例交えながら――」

『天墜とす瞳』だけではなく、魔導書修復の実習は物理的破損の修復を過ぎ、補筆の段階に入ってきている。つまりは、終盤という事だった。

そんな実習風景を、壁にもたれて眺める女性がいる。背はそこまで高くない。十代の少女のようにも見えるが、軍服に着けられた階級章がそれを否定していた。

千剣長。帝国の上級士官である。名をポリュム＝ホルトライ。今では人間から失われた魔法、その擬似的再現を行う稀少な兵器・魔導具を操る、魔導技師という兵科を率いる士官だ。

「ポリュム！　なんでここに？」

実習講義が終わり、カリアはその最中に見つけていたポリュムの元へ足早にやって来た。第十一前線基地では共に戦った仲だ。今ではカリアは容赦なく名前で呼んでいる。

「王国の魔導技師隊の穴埋めよ」

「そっか、前の魔王雷で……」

魔法協定締結前、最後に放たれた魔王雷は、王国の都市と魔法技師隊を一つずつ半壊させた。それが、王国が魔法協定に協力的だった原因でもある。

「実習講義、見てたわよ。中々堂に入っていたじゃないの」

「やーめーてーくーれー。先生なんてガラじゃないのよあたし」

協定前の魔法技師隊は、唯一の魔王雷の防御手段であったため、連合国は国を跨《また》いで着弾予定地へ各隊を融通させていた。

「前は魔導書がどんなものか、私は知らなかったけれど。魔力を残す本を修復する、か。似た者同士だった訳ね、私たち」

機械と本という差はあれど、自身の魔力で魔法を使う訳では無く、道具の魔力を発動させる……という意味では魔導具と魔導書は近しいものだ。

「貴女《あなた》にそう言われるのは光栄だね。まあほら、こっちは使われないのが一番だからさ」

カリアは敬意を持ってポリュムに巻物型の魔導書を示す。命懸けで魔王雷を防いでいた魔導技師隊は、現在はその主運用を砲撃や対軍防御に変えつつあるが、とはいえ協定を信じ切って魔王雷への備えを完全に捨て去る訳にもいかない。

「ただ――今回のアルーダ基地派遣は、少し疑問に思う事もあるわね。魔導書の実験基地という理由はあるけれど」

「前線はもう少し東、ケイアン盆地だもんな。王子――ポロニア司令がいる事と、こないだの基地襲撃が理由かもね」

魔導書を金庫へ仕舞った後、話しながらふたりは図書館の一般利用スペースへと向かう。事務室を抜ければ、人が行き交う活気と静かさ、相反する風景が現れる。

「今日も全体利用日だから一際混んでるな～」

あれこれ施策した成果か、今では貴族と平民の諍《いさか》いも、皆無ではないが大幅に減っている。それにより、アルーダ基地図書館は全体利用日を徐々に増やしているのだった。

「ふうん。結構躾《しつけ》されてるわね」

兵隊による図書館利用状況をそう評するポリュムに、カウンターにいたタレーアがきびきびと一礼した。

「ホルトライ殿。御苦労様です。カリアさんとは知己であられるとの事で」

「こちらこそ。自由に歩かせていただき感謝いたします、バルンダル殿」

貴族同士の上品な挨拶に、カリアは先刻の自分を省みてちょっとばつが悪い。

「利用状況はカリアさんの薫陶のおかげです。前は閑散としたものでしたので」

「……貴女《あなた》、王国の図書館で何してるの」

「いや、そのお……なりゆきで。ねえ、エル？」

呆《あき》れたようなポリュムの視線に、カリアは部下に助けを求めた。

「か、カリアさんがポロニア司令に売り言葉に買い言葉でって聞きましたけど」

墓穴を掘った。目を逸《そ》らすと、今度はにやにやこちらを見ている王国兵たちとかち合う。貴族出も平民出も交じっている。

「おっ、いいねえ今日の図書館は」「綺麗《きれい》どころが揃《そろ》ってら」「よしちょっと俺借りる本持って来らあ」「なんだ？　帝国の士官って女多いの？」

セクハラじみた発言がぽろぽろ聞こえてくる。こういった話題には、兵隊の出身階級も関係ないようであった。

流石《さすが》に軍隊暮らしであるタレーアやエルトラスたちは慣れたもので、この程度の軽口はやれやれと受け流している。

（王国の兵隊ども、仲良くなってきて結構な事だなクソッタレ）

カリアのこめかみには青筋が浮いているが、彼女は外様《とざま》だし、今はポリュムも来ているのだ。帝国人の代表として、そう簡単にキレ散らかす訳にはいかなかった。

「お前誰がいい？」「俺は断然バルンダル小天尉派っす」「俺はエルちゃんがいいな～」「ふむ、

貴様目が高いな。エルトラス嬢はいい」「新顔の帝国将校さんも美人だなあ」「アレクサンドル殿は何せ上級者向けだしな」

「誰が上級者向けだ張り倒すぞお前らァ！」

キレ散らかした。セクハラに対する粛正として口実もバッチリだ。カウンターから制裁に飛び出していく。

「他国の貴族も交じった集団に何をしているの、あの女は……」

確か貴族令嬢だったはずなのだけど、と同国人を見やって、ポリュムは嘆息した。


また別の日の基地営倉。夕食時のそこに、カリアはまたもミッターノと共にやって来ている。

「お前たちは何故《なぜ》、我々の食事について知っていた」

「本だよ、本。あたしら人間は知識をそれで共有する」

鉄扉の格子を挟んで、交わされているのは雑談だ。カリアが私物の小型図鑑を差し入れる。

「共有だと？　知識の保存という事ではなくか」

魔族において、書物というものは知識を記したもので、主に自身の属する共同体の利益のために使われる。種族ごとの職能、既得権益を重視するためだ。

「全体で利用する、という事か。…………組織内で権益を守るよりは広めて一般化する。ほぼ単一の種族である事が関係するものか」

ぱらぱらとページをめくりながら、ラードルフが呟《つぶや》いた。

「人間だって、利益のために組織単位で止めたりはすっから程度問題だよ」

「……自分も小説で、人馬族《ケンタウロス》の教師の話は読んだ事がありますね」

ミッターノが頷《うなず》けば、ラードルフは図鑑を返しつつ意外そうな表情になる。

「小説とは、物語の事か。お前たちは架空の話に我々を出すのか?」

「出すよそりゃ。調べが甘い事とかはあるけどさ」

近年の新刊では、戦争事情により魔族の扱いは悪い事が多いが、それは言わぬが花だ。

魔国には物語本という文化が存在しない。口頭伝承は存在するが、それを書の形にまとめ、一般化して全体で楽しむ、という事は無い。それはやはり、魔族の内実が多種族の集合体であり、文化も価値観も異なるという点が影響している。

(あのグテンヴェルって奴《やつ》が、その辺なんかしてるのかも知れんけど)

カリアはかつて戦場で遭遇した魔族の士官を思い出す。

「あんたらんとこにも本が輸出出来たら、楽しみにして戦争嫌がるのも多くなるかもね」

「くだらん。それは思想の侵略だろう」

カリアの軽口の意味を即座に解して反論するラードルフに、後ろで聞いているミッターノは前髪の奥の目を見張る。

(……やはり、優れた理解力だ。魔族と雑にまとめるには、彼等の種族差は大きい)

先刻の自分の発言を振り返る。歴史上には、人馬族の賢者というものが何人か存在する。かつては多種族を指導した人馬も存在した、と伝わっている。

背後の戦慄《せんりつ》には気付かず、カリアは夕食代わりに持ってきたパンケーキを頬張りながら、

「あんたの友達……部族の奴等《やつら》って、東の前線にいるわけ？」

「……」ラードルフは一瞬黙るものの、以前攻め込んだ事からして自明だ。口を開く。「我々の部族だけではないがな。だが、人馬族に限らん。共に戦場を駆けるならば盟友だ」

彼にとっては、アルーダ基地強襲に付き合った他の魔族も、また。

「んー、まーそーか……連合軍だって人間以外の種族、多少はいるしなあ」

頭を掻《か》くカリアの背後にいるミッターノは、

（……人馬族は他魔族の捕食を行わない。被捕食側になる事もほとんど無い。そのせいもあるだろうが、戦争開始から数年を経て、種族を超えた連帯を持つ魔族も出ているという事か）

こう考える。それは、魔王軍最大の弱点である、他種族の連合による士気と統率のばらつきを緩和するかも知れない。

カリアの同行は、彼の任務上にも好都合に働いていた。拷問を伴わず情報を得られるならば、それに越した事は無い。

「……再びの魔導書奪取作戦はあるか？」

ミッターノのこの問いかけには、ラードルフは沈黙を保った。彼の脳裏には自分たちに命令

を下した魔族指揮官の姿がある。

（自軍にも漏《も》らしてはならん、というあの命令……おそらくは独断）

不満は特になかった。魔導書奪取を必要だと思ったのは彼も同じだ。しかし、

（カリア＝アレクサンドル。この女の認識は、変えるべきかも知れん）

魔導書を復活させ、それを広める魔女。千の、万の兵を殺《あや》める忌《い》むべき兵器を現世に復活させた、魔族にとっての怨敵《おんてき》。

「やる可能性があると思ってんの？　アルーダ基地としては」

「……難しくはあるでしょう。東のケイアン盆地の王国軍も警戒するでしょうし」

「使わないいっつってんだからさあ、パクりに来んなよな～」

しかし今、ラードルフと扉越しにパンケーキを食べながら、ミッターノと会話する女は。魔導書が封じられる現状を好んでいると、そう言った。

その疑問が、彼に質問を返させた。

「訳の分からん女だ。将でも無し、戦士でも無し。貴様は一体何なのだ」

「あ？　あたし？　あたしは司書だよ。本を扱う人」

さらりと、当たり前の事を言うかの如《ごと》くカリアは答えた。

「……一応、軍人でもあるのでは」

少し呆《あき》れたようなミッターノの補足に、ぷいっと顔を背ける様子は、まるで子供だ。

「何がしたいのだ、貴様は。戦《いくさ》の場で本などと」

「本を直して並べて探して、読みたい奴《やつ》に読ませるのがあたしの仕事だ。そこがどこでも関係ないね。戦場だろうが上等だ」

　カリアは即答した。

「本を読むそいつが。何かを知りたいそいつが。例え明日死ぬとしても。あたしは本を渡す」

　帝国第十一前線の戦いを経た彼女の瞳には、一点の逡巡《しゅんじゅん》も無い。

　――彼女の脳裏には今、研修に参加していたセヴァンという王国士官の顔が浮かんでいる。彼は、ラードルフたちの攻撃により戦死した。それでも、帝国第十一前線基地の経験を持つ今のカリアは揺らがない。

「……分からん。狂人を飼っているのか？　連合軍は」

　苦り切った表情で、ラードルフが漏らす。

「理解されようとも思ってねー。単にそういうのが好きなんだって思っとけ」

　へん、と鼻を鳴らして断言するカリアに、ラードルフは理解を諦めた。少なくとも、やはり思っていた悪魔の如き女ではないようだ、とだけ認めて呟《つぶや》く。

「……性癖か」

「……性癖でしょうか」

「語弊があるなあ、おい！」

流石《さすが》にカリアも叫び返した。

なお、営倉に入っている他の王国兵たちは「うるさい」と思っている。

日々が、過ぎていく。

◇

そうして。アルーダ王国基地での三か月が迫ろうとしていた。魔導書修復研修は、予定をわずかに前倒ししてその内容を終えつつあり——それは、とある予定も実行の時を迎えつつあるという事であった。

「例のものは」「修復は完了したと報告にあり」「図書館内金庫です」

「王都からの報告は」「現状、三冊が稼働可能域に達したと」「帝国、法亜国他も複数の用意があると公式の発表が」

「前線の動きは」「明朝にかけ再び激突の兆しがあると」

「帝国の魔導技師隊は即応状態を維持」「事が起きれば否応なく動く」

「機か」「機です」「セヴァン小天尉の戦死も考えれば、天意かと」

「——よし」

複数人が集《つど》うその場で、一人立ち上がる者がいる。

「バルンダル小天尉と——密偵を呼べ」

◇

「…………なんだ？」

払暁《ふつぎょう》前の司書準備室で、カリアは眉をひそめて立ち上がった。これまで、複数回の鉄火場を切り抜けてきた彼女の感覚が、基地内の空気にたちこめる何かを感じていた。

「またぞろ魔王軍が来るって感じ……では無いだろ。それならもっと大々的に騒いでるし、あたしらに連絡も来る」

彼女の前の作業机には、多数の補修道具と筆、墨。そして巻物がある。

「もしかしてあれかな。虫の知らせ。気付かれたかな」

カリアは机の上を片付けて、巻物を懐《ふところ》に入れる。準備室を出て灯《あか》りを消し、書庫の奥に存在する金庫へと向かう。

携行灯で照らされる書庫は、やや背筋が冷える雰囲気がある。

（いやいやここは新築。けっこー新築だから。オバケ出ない）

自分に言い聞かせ、カリアは足元に気を付けつつ金庫へ向かう――と。

わずかな物音がした。図書館の裏口から。

「扉開ける音？　エルかな？　寝てたと思ったが」

夜にうろうろする自分に後ろめたいものを感じ、カリアは書庫の扉に隠れて気配を窺《うかが》う。こっそり戻る所を見られる事は避けたい理由もあった。

だが、足音は複数だった。

「鍵は」「スペアがある」

（二人？　エルじゃない。タレーアさんとか、図書係の声でもない）

どこかで聞いたような、しかしカリアにはそこまで聞き慣れていない男性の声だ。

「目標は書庫奥だ。帝国の者達を起こすな」

「!?」

聞こえた声に、思わずカリアは口を塞《ふさ》ぐ。

（なんだ？　何が起こってる？）

男たちはここに来る。扉から離れ、カリアは書架の合間に体を隠した。

やがて。書庫の扉が開かれ、二人の男が入り込んできた。その姿は、

（王国兵だ……急に本が必要になった、とか？　マズいな……）

だが王国兵は照明を点《つ》ける事も無く、自分たちの携行灯のみで書庫を歩く。

書庫書架の間から見えた彼らは、一人は灯《あか》りを持ち、一人は拳銃を持っている。

（銃だと……？　何かおかしい。任務上急に本が必要になったなら、あたしら起こせば良い。

遠慮するにしたって書庫の明かりも点けずに……）

それでは本の確認にも苦労する。携行灯の先をカリアは視線で追う。彼らが向かう先は、

（金庫ぉ？　そういや最初、『スペアがある』って……じゃ、金庫の鍵？）

明らかに通常の行動では無い。

軍事基地だ。無論味方にも秘密の行動が起きる事はあるだろう。だがそれにしても、

（金庫には魔導書が入ってる……普段は図書館キーボックスのさらに鍵付の箱に入ってる。最重要のモンだろ）

そんな場所に、音を潜めてやってくる。明らかに異常だ。

（くそっ、一人なら取り押さえられるかもだけど。銃持ってる二人はキツい）

現在のカリアは銃を携帯していない。準備室に置きっ放しだ。息を潜めて見守る他ない。

ややあって、解錠の音と共に金庫の扉が開く。

「あったか」「ああ『天墜《お》とす瞳』だ」

（やっぱり狙いは魔導書……）

男たちは魔導書を取り出した。カリアは今すぐ出て行って問い詰めたい衝動を、口に手を当てて呼吸音と共に必死で抑える。

（落ち着け……落ち着け。図書館には今エルもいるんだ）

「……もう一冊の魔導書はどこだ」「待て――あった。これだ」

聞こえた会話にカリアの心臓が跳ねる。冷や汗を流しながら彼女は必死に気配を殺す。

「帝国の二人はどうする」

「……帝国と事を構えたくはないが――念のため計画の間は拘束しておけとの命令だ。一刻を争う状況だ。お前は魔導書を持って先に行け」

「お前も急げよ。殺しさえしなければ、多少強引になっても構わん」

一人が一冊と一巻の魔導書を持って書庫を出て行く。

(構わん、じゃねーよ！　畜生《ちくしょう》、なんつった計画？　拘束!?　このままじゃエルが危ない)

二つの司書準備室の一方にはエルトラスが寝ている。

「……さて、やるか。口を塞《ふさ》ぐ布とロープと……良し」

残った王国兵が準備する間に、カリアは算段する。

(銃持ってる方が残ったか。取り押さえるにしても、ミスったら撃たれるかもな……なら！)

王国兵が動き出す前に、書架の隙間《すきま》から素早く出る。そして、走った。

「っ、誰だ!?」

気付いた声を背中で聞きながら、カリアは裏口の扉へ向かう。外へ来い、と念じながら。

「アレクサンドル!?　……聞いていたか！」

扉から踏み出し、兵舎の方へ駆け出した瞬間、足に熱い感触が走った。次いで、短い音。

「っ――」

地面へ転倒しながら、撃たれたとカリアは思う。必死で懐《ふところ》を抱えて守る。

地面に転がった痛みと共に、左ふくらはぎが燃える棒を突っ込まれたかのように痛んだ。

「ぐっ、あ……！」

「急所は外した」

　声が近付いてくる。

（即撃ってくるかよ……一応客だぞこのボケ！）

　心で毒づきながら、カリアは足の状態を感じる。ふくらはぎの横部分の肉を削っていったようだった。そして、

（確信したぞ。逃げるあたしを言葉より力で止めた。こいつらは正規の作戦で動いてない。バレるとまずい系だ）

「いけませんなアレクサンドル殿。深夜の徘徊《はいかい》は」

　ほんの少し白んだ空に、銃口を向けて王国兵が現れる。

「お戻りいただきます」

（くそっ、この時間に聞こえるか知らんが大声出して――）

　カリアが息を吸い込んだ、その時。

　風を巻き上げて、人影がカリアの後ろから躍り込んだ。

「がっ……！」

　そのまま、銃を片手にカリアへ手を伸ばしていた王国兵を吹き飛ばす。

　カリアからは背中しか見えないその人物が、ここ数か月聞き慣れた低い声で問う。

「……御無事、ですか」

「ミッターノさん！」

◇

王国軍天補、ミッターノ。

彼は、元々王都エイアルドの下流層の出だ。

幼少期はまだ父親の商売が上手《うま》くいっておらず、その末に妹が奉公に出た。……と言えば聞こえはいいが、ほぼ身売りだ。彼の心は痛んだ。

時は流れ、家の商売が軌道に乗った事で、暮らしもまともになる。ふと、彼は妹が働く店を見に行った。

店は、跡形も無くなっていた。ある日突如《とつじょ》店主一家が夜逃げしたのだ、とだけ聞いた。

そこで一度、彼は家族を一人失くしたのだ。

少年期の終わり頃だ。ミッターノは家の仕事で、貧民街まで出向いた。そこは街路孤児たちによる窃盗も多発しており、体が大きく力も強いミッターノが行く事にしていた。

そこで――、彼は盗品を持って道を走る妹の姿を見た。

薄汚れ、痩せこけてはいたが、それは確かに成長した妹の姿だった。

声をかけようとして、躊躇《ためら》った。売り払うも同然で家から出し、行方が分からなくなって今まで保護も出来ず。どう言い繕おうが、ミッターノの家は彼女を捨てたと同じだ。そもそもが、彼女が家に帰って来ないのが歴然とした答えだった。

せめて、何か。今の余裕が出来た自分ならば、何か。ミッターノは考えた。

彼らには社会的な保障が無い。ミッターノは身銭を切って孤児にまず食を与え、盗みをやめさせた。家の商売の伝手《つて》を利用し、独自に彼らを組織して仕事を割り振った。大人たちに買い叩《たた》かれたり、契約を反故《ほご》にされたりするのを皆の力で防ぐ。

徐々に、若き商人と配下の少年少女たちは、王都の下町と貧民街で信用を得ていった。

やがて。ミッターノは妹に真実を告げ、再び家に迎え入れる事を夢見るようになった。

——ただ、勇気が出なかった。

妹は自分たちを恨んでいるのではないか。憎んでいるのではないか。今、信頼と親愛を向けて来る妹の目が、憎悪に濁る事を想像して、ミッターノは踏み出しあぐねていた。

魔王軍との戦争が始まったのは、彼が成人になろうとする頃だ。

王都の人間全ての記憶に焼き付く、あの日がやってきた。

魔王雷である。

世界で初めて、魔王雷を受けた場所。それが王都エイアルドだ。この時に結界効果を発揮したのは、既に忘れられて久しかった王城地下の玄室にあった礎石である。これを研究し、後に魔導具が開発された。

だが。この時は。守られたのは王都の八割。中でも貧民街は、その半分以上が魔の雷に打たれ壊滅した。

ミッターノは妹が。面倒を見ていた少年少女が、目前で跡形も無く消えるのを見た。彼と妹たちの命運を分けたのは、ほんの数十メルの距離であった。

——彼ら彼女らが、ただ笑って日常を過ごして欲しかった。動物と戯《たわむ》れて、年頃らしい悩みで、平和に。いつかは学校にも通って、笑い合うような。

「……あの光は、いけない。あっては、ならない」

ミッターノは——志願して王国の兵士となった。兵士が一人でも欲しい時期であり、出自は問われなかった。

（……人のため、などという上等なものではない）

この現実に抗《あらが》ってやる。そんな気持ちだった。

彼には戦士としての優れた才があり、幾つかの戦功を立てた。中でも、ある戦場で中級魔族をナイフで倒した事で賞され、国王と謁見する栄誉を得た。

「直答を許す。褒美について希望があれば言うがよい」

この時、既に魔導具が開発され、魔王雷に対抗が始まっていた。ミッターノは、その力になりたいと思うようになっていた。

「……叶《かな》うならば」彼は跪《ひざまず》き、言った。「王よ。自国の秘宝を開き、世界中の民を救ったいと賢く慈悲深き王よ。自分は、貴方《あなた》のために働きたく思います。……あの光に焼かれる者を、一人でも減らすために」

この日より、彼はエンドルア王直属の密偵となった。幾年かが過ぎる中で、衝撃があった。

（……『魔導書』。それは、協定の形を取って魔王雷を封じた）

エンドルア王は魔法協定にもいち早く賛意を示した。そして、ミッターノは協定に反対する者を探る任務を与えられた。

直接、魔王雷を封じる役に立てる仕事だ。彼の心は奮い立った。

今回向かったアルーダ基地で出会ったのが、協定の発端《ほったん》となった『魔導書』を現代に復活させた人物――カリア＝アレクサンドル。

（……妙な人物では、ある。だが協定の大元の発案者は彼女であるらしい）

ならば恩人だ。そのためにも、任務を果たさねばならない。

時は少しだけ遡《さかのぼ》り、カリアが書庫で息を潜めていた頃。アルーダ基地司令室。

「こんな時間にすまんな、ミッターノ天補」

「……恐縮です。司令」

ミッターノは己の来し方から意識を現在に戻した。

直立して敬礼するミッターノに、ポロニアは机から立ち上がって歩み寄る。

「汝《なんじ》が、父上の密偵であるという事は知っている」その横まで達して、彼は言った「反協定派の調査……進捗《しんちょく》を余にも聞かせてもらえるか？」

「……は。いえ、不敬ですがこの任務は、自分のみにしか関与が認められておりません。如《い》何《か》に殿下といえど、お知らせする事は出来かねます」

返答に、ポロニアは頷《うなず》いた。

「優秀だ。先日の奮闘といい、父上も中々良い人材を抱えている」

ミッターノを通り過ぎつつ、ポロニアは続ける。

「ではそのまま聞くだけで良い。余が勝手に話そう。――汝が調査する反協定派は、魔法協定に反発し、魔導書を連続使用して戦争を短期に決定付けるべき、と考える集団だ」

そう言った。それはかつて、彼がカリアに注意を促した『帝国の魔導司書の指導を厭《いと》う派閥』とは、まるで別の存在だ。

「……魔王雷は無辜《むこ》の民を焼きます。魔導書を魔王軍へ使えば、魔王は即座に魔王雷による報復を始めるでしょう」

思わず、ミッターノは答えた。背後でポロニアは頷く。

「その通りだ。半年前、我ら王国は魔導技師の損耗により、魔王雷を封じねばならなかった」

魔導技師は、資格者が非常に限られた兵科だ。そうそう増やせず、しかし魔王雷に真っ向立ち向かうために死傷率は高い。

彼らにも、ミッターノは並々ならぬ敬意を抱いている。

「協定から半年。連合国中を守っていた魔導技師隊にとっては、貴重な休息期間だった」

破綻《はたん》が近かった魔導技師たちをも救ったのが魔法協定だ。

「故《ゆえ》に。今ならば、先々の破綻は確定的としても——再び幾度かは防げる」

何を、とミッターノが振り向いて問おうとした瞬間。

殺気。反射的に身を翻《ひるがえ》し急所の頭を振る。

ぱぱん、と。乾いた音が響いた。

「っ……」

脇腹に感じる、強烈な熱さ。内臓を貫通している。

「すまんなミッターノ。汝が如《ごと》き勇士は誠に惜しいが……機は今をおいて無い。汝をこれ以上生かしておく訳にはいかなくなった」

ポロニアが。硝煙を上げる銃を片手に詫《わ》びている。

がく、とミッターノが膝を突く。

（……反協定派の上級士官……よもや司令そのもの、とは）

内偵を進める中で、ポロニアは反協定派としての行動を全く起こさなかった。それどころか、カリアを招聘《しょうへい》して魔導書修復の研修を行い、修復においては帝国式を取り入れた。

そして何より、魔法協定を推し進めたエンドルア王の子でもある。

「意外そうで安心した。余は首魁《しゅかい》がゆえに、最も怪しまれぬように骨を折った故《ゆえ》な。甲斐《かい》もあったというものだ」

同時、頭部へ発砲。しかしそれを、ミッターノは身を転がして避けた。

「まだ動けるか。致命傷には間違いないというに」

左右に跳ね、彼は銃撃を外す。だが、行く先は司令室の大窓だ。厚く作られたガラスを手負いで割れる確信は無かった。振り返る。

「安心せよ。公的には脱走した捕虜との戦闘による名誉の戦死としておく」

「……ラードルフへの待遇改善を許可したのはそう使うためですか」

そうなると、今頃はラードルフの安否も危うい。

「父上の事だ。汝《なんじ》には殺害の権限が与えられていただろう。……それが、誰であろうと」

ミッターノは司令室に入る際に、武器を預けさせられていた。無手である。

「……王の想定より優秀であった、という事ですか」

ぴく、とポロニアの眉が動いた。

「さらばだ」

発砲よりもわずかに早く、ミッターノが体をずらした。二つの銃弾が、窓にひびを入れた。

「っがあああ！」

ミッターノの渾身《こんしん》の叫び。即座に体を回し、運体で力を回す。肩から窓へと突っ込めば、破砕音が鳴り響いた。

残るのは、大穴が空いた司令室の窓だ。ポロニアは純粋な驚きの表情でそれを見ていた。

「——素晴らしい。やはり殺すには惜しかったな……」

「司令！」「御無事ですか！」

兵が入ってくる。ポロニアは表情を改めて、

「大事ない。奴《やつ》も長くは保《も》たん……魔導書は」

「両方、確保しました」

差し出す兵は、カリアのいた書庫からやってきた兵である。

「良し。修復報告書によればもう一冊は未《いま》だ修復が完了していないが——元よりそれは計算に入れておらん。『天墜《お》とす瞳』があれば十分だ。始める」

声と共に、兵たちが動き出す。

「車を回せ！」「前線の衝突に間に合わせろ」

その中に一人、立ち尽くす者がいる。

「バルンダル」

「でん、か……」

「動く。お前の力が必要だ」

◇

「ミッターノさん！」

現在。気絶した王国兵を縛り上げたカリアは、蹲《うずくま》るミッターノを見た。足元に血溜《だ》まり。

（こっちも撃たれてる……クソッタレが！）

慌てて抱き起こせば、彼の腹より下は真っ赤に染まっていた。

「カリアさん、何が……ひっ！」

音に起きてきた寝ぼけ眼のエルトラスが、薄明の惨状に言葉を失った。

「頼むエル！　手当を！」

「は、ははははいっ！」

一瞬で覚醒《かくせい》し、彼女は医療道具を取りに図書館へと駆け戻る。

「こんな体でなんつう無茶してんだ！　いや助かったけど……」

「……恐縮です」薄《うっす》らと、脂汗を流しミッターノは目を開ける。「私の、事は、捨て置いていただいて、構いません」

「何を馬鹿な――」「お聞きください」

有無を言わさぬ声の強さに、カリアは口を噤《つぐ》む。加えて、彼を抱く手に伝わる、

（体温、が……）

それは、何度か彼女がその手に触れた感触だ。

命が、終わる冷たさである。彼は、命を懸けて伝えようとしている。

「……私は、王室の密偵です。魔法協定に反対する派閥を探っていました」

カリアは息を呑《の》む。この状況で嘘《うそ》は無い。目線で続きを促した。

「司令——ポロニア王子です」

「！」

端的な言葉で、司書の中で全てが繋《つな》がった。ポロニアの言動、東のケイアン盆地前線、先刻の侵入、魔導技師隊の招聘《しょうへい》。そして、

（そう、か。派閥！　あたしがポロニア司令から聞いた派閥ってのは、帝国の介入を嫌がる派閥……だけど！　他に派閥があったってなにもおかしくないんだ！）

自身の迂闊《うかつ》さ、呑気《のんき》さにカリアは腸が反転するような気持ち悪さを覚える。かつてポロニアが語った『別派閥の疑惑がある士官』とは、カリアの予断を生むための、彼が仕掛けたかく乱情報でもあったのだ。

（あの帝国介入反対派の試射実験の失敗で、ポロニアはあたしに『もう派閥の事は解決した問題だ』と意識付けさせた！　それで、自分が属する派閥から目を逸《そ》らさせた！）

反協定派。それは協定が成立する前後に、カリアと皇女クレーオスターが先々の事を話した際に予想した未来の一つだった。

「使う、気か……。協定を無視して」

カリアは戦慄《せんりつ》する。いよいよ顔色が青白くなったミッターノが、口端から血を垂らし頷《うなず》く。

「……王子の決起に呼応する部隊は、私が調査した反協定派閥。そして司令の命令で従う者たちを含めれば、基地の半数以上になるでしょう。実行班は間もなく移動を開始するはず」

予測にカリアは表情を険しくした。既に状況は切羽詰《せっぱつ》まっている。

「……アレクサンドルさん。帝国人である貴女《あなた》にこのようなお願いをする事は、筋違いだと承知しております」

ぐっと、強い力でカリアの袖が掴《つか》まれた。

「どうか、王子をお止めください。今、魔導書による敵軍攻撃が為《な》されれば、魔王軍は即刻魔王雷による報復を行います」

以降は魔王雷と魔導書の投げ合いだ。カリアも半年前に想像した、大量死の未来である。

ちら、と縛って転がしている王国兵を見る。今気付いた。彼は、幾度か会い、図書館にも来た事のあるポロニア司令の護衛兵だ。

(図書館に来たあいつらは、『帝国と事を構えたくない』と言った……おそらく、あたしらは事が終われば解放され、すぐに帝国へ送還される)

息を吸う。責任を、義理を、国同士の関係を、自身の命を、部下の命を考える。

そして――かつて魔導書で影も残さず焼き尽くした三千の魔族の、命を思う。

さらにもう一度。魔導書で奪った二百余りの魔族の、命を思う。

何も出来ず失ったウラッニたちの、命を思う。

魔導書を使わぬ決断をしたために失われる事を見守る他なかった帝国兵の、命を思う。

彼らの命を思う時に燃えるこの胸の焔《ほのお》は、蛮であろう。傲慢であろう。無恥であろう。

だが同時に、勇でもある。

その上で、カリアは瞳を開いた。

「任せて」

ミッターノは安心したように息を吐いた。

「……アレクサンドル殿。私は、貴女に恩義がある。魔王雷を止めた貴女に。図書係を引き受けたのも、それが故《ゆえ》です」

「恩？　あたしに？」

カリアは困惑する。王国人の彼に、この基地に来るまで会った事は無い。

「……王から、聞き及んでおります。貴女は協定の発案者だ。何時《いつ》降りかかるとも知れぬ破滅の雷から——あの協定が、どれほどの無辜《むこ》の民を救ったか」

「ミッターノ、さん……」

語る彼の瞳は、既に焦点が合っていない。大量の出血が、程なく体の機能を停《と》めつつある。

「……ひとびとの、心を……ぜつ望からときはなった——」

「ミッターノさん！　耐えろ！　意識をしっかり……！」

うわごとのように呟《つぶや》くミッターノの視界に、既に呼びかけるカリアや基地は映っていない。

そこには、かつて妹たちと過ごした王都の貧民街がある。

ミッターノは帰っていく。そこで暮らしていた、笑う妹と仲間たちの元に。

（そうだ。今日こそ言おう。妹に。お兄ちゃんだと。苦労させてすまなかったと）

ミッターノは思う。学校にも通わせよう。仲間と、友達と、楽しく過ごして欲しい。

まるで物語のような青春を。

「かえったよ、ミュリエラ」


数分後、泣くエルトラスにより足を応急処置し、包帯で固定したカリアの姿がある。

「…………ありがとう、ミッターノさん」

エプロンはミッターノの血で染まっている。彼女の瞳には、焔《ほのお》が宿っていた。

「うう……ミッターノさん……ごめんなさいぃ」

「輸血もすぐには出来なかった。エルのせいじゃないよ……ぐ、痛」

撃たれた方の足で地面を叩《たた》き、カリアは苦痛に顔を歪《ゆが》める。拳銃を腰に差す。

「けど動ける。とにかく行動だ。こんな行動をするって事は、ラードルフが危ない」

まずは営倉だ。エルと共に動く。と、そこへ駆けてくる人物がある。

「……ポリュム!?」

童顔を怪訝《けげん》の色に染めて、彼女は倒れているミッターノと、縛られた王国兵を見る。

「カリア。一応聞くけれど。貴女《あなた》が癇癪《かんしゃく》起こして暴れた訳では無いわね?」

「ンな訳あるか！　あたしを何だと思ってんだ！」

「基地内が妙……どころでは無いようね。先ほど基地から百剣隊二個規模の集団が車と馬で出たわ。知ってる事は?」

(ポロニア王子たちだ。もう出たのか。くそっ、時間が無い……！)

ポリュムもまた帝国の人間だ。異常な事態に王国の人間は避け、カリアの元へ情報を集めに来たのだった。

「良い勘してるわ。緊急事態。歩きながら話す」

営倉へ向かいながら、カリアはミッターノの情報から予想される経緯を二人に聞かせた。

「ま、魔導書を使う!?　それじゃ」

「チッ……私たちに演習として魔導具の配備箇所を挙げさせた理由が、それね」

目を丸くするエルトラスと、納得と共に舌を打つポリュム。

「ま、魔導書の使用者は一体……あっ」

「タレーアさんでしょーね。彼女はそもそも王子の側付《そばづ》きだ。知らされてたかどうかは分かんないけど、命令されれば彼女の立場で断るのは難しい――もしかすれば」

心理的にも、か。そう考えてカリアは眼鏡を押し上げる。

「持ち出した『天墜《お》とす瞳』を東のケイアン盆地前線で魔王軍にぶつけ、一掃。戦争における魔導書の使用をなし崩しに開始させる」

「で、でも、そんな強引なの、上手《うま》く行くんですか？」

それは、カリアもずっと考えていた。あのポロニアが決行を決めた理由。思想のみで勝算無し……とは思えない。

「まずね。あの協定自体、あたしの『魔導書使いたくねえ』って願望ありきのシロモンなの」

「えっ」

「それが連合軍の現状と上手い事嚙《か》み合った。けれど戦争の行方だけを見るなら、ポロニア王子の計画は……」

そう。行ける可能性はある。難しい顔をしながら、ポリュムが継いだ。

「この半年の協定期間で、破綻《はたん》寸前だった魔導技師は一時的に休息し、全部隊が稼働可能状態にある。数回限りなら魔王雷に対応は出来るわ……防げるかどうかはまた別だけれど」

「前にもエルに話した覚えがあるけど。その期間に連合国全ての魔導書を戦線投入、連続使用して一気に戦争のカタを付ける……ってとこか」

戦争の短期終結。狙いはそれだ。魔導書は使い捨てだが、魔王雷のような三か月に一度というクールタイムは無い。

「そ、そんな乱暴な……！　そもそも、帝国や連合の他の国が従うとは」

エルトラスの疑問に、カリアは首を横に振る。

「その方針に転がす事は可能なんだ。始まりはポロニアの独断だろーが、一度口火を切ってしまえば連合軍でもどうにもなんない……クソッタレが」

話す内に暴発しそうな、己の気を落ち着けるようにカリアは深く息を吐く。ポリュムがやれやれと再び後を継いだ。

「仮に、一部の暴走であると魔導書使用を止めたところで……魔王軍がそんな話を聞くわけが無いわ。魔王雷は再開される。そうなれば」

連合国は魔導書の積極使用で対抗する他無い。エルトラスが真っ青になる。

「上手く事が運んだとしても、明確な国王、いえ連合国全体への造反になる。ポロニア王子は罪を免れないかも知れない。それでも、動いた」

ポリュムが厳しい顔で推測を締めた。固い意志があるという事だ。

「──ゴメンだね、そんなものは」

カリアの口から憤怒《ふんぬ》が漏《も》れる。戦争は終わるかも知れない。勝てるかも知れない。だがその賭《か》けに使われるのは何百万もの連合国の兵隊と市民の命、そして何十冊という魔導書だ。

「エルトラス、悪い。巻き込む事になる」

噴火する直前の、今にも火を噴きそうな火口が呟《つぶや》いたような声だった。

「──大丈夫、です。わ、わたしも、状況は理解しました」

エルトラスの声に、司書は頷《うなず》く。この部下は、すぐ泣くし、どんくさいし、怖がりだが。決して逃げはしない。

「私には謝らないのかしら」

「貴女《あなた》の仕事への覚悟は知ってる。聞くまでもないでしょ？」

つまらなそうに鼻を鳴らすポリュムには軽く返して、カリアの覚悟は今度こそ決まった。

「……舐《な》めてんじゃねえぞ」

地の底から響くような、深く静かな怒声。

徐々に明るくなる基地の中、向かう営倉では軽い騒ぎが起こっていた。

「ですから、捕虜の処刑など、突然そのような……！」

「司令の指示だと言っている！」

営倉の警備兵と言い合っているのも王国兵だ。発言の内容から、ポロニアの派閥と知れた。

「！」

カリアとポリュムは頷き合い、素早く駆ける。

「ええい、さっさと扉を開けんのなら……！」

捕虜の処刑を求める王国兵が銃を構えたその時だ。

「よし、そこまで」

カリアの拳銃が、彼の後頭部に触れた。のみならず、ポリュムも。彼女たちは、帝国の上級士官であるため拳銃の所持が許されている。

「ぐ……き、貴様等は……」

「さ、三対一ですよぉ～」

ぷるぷると震えるエルトラスも銃を――安全装置をかけたまま――持っている。図書館に侵入した兵から奪ったものだ。

手を上げ降伏した王国兵を縛り上げ、カリアは警備の兵に目を向ける。ラードルフの面会に通ったため、彼とは面識が出来ている。

「司書さん。何が起きてるんですか」

そして彼は図書館の常連だ。カリアは焦りつつもかいつまんで説明する。

「……な……！　それに、ミッターノ天補が……!?」

彼はラードルフへの訪問を通じ、ミッターノとも顔なじみになっている。縛られた王子配下の王国兵を見て、先ほどの悶着《もんちゃく》を思い返す。

「マジ……っぽいす……ね。確かにさっき、基地から大勢出るような音が」

カリアは頭を下げる。

「頼みがある。事態は一刻を争う。王子たちはもうケイアン盆地に向かってる」

「馬鹿な事を考えるな帝国！　これは王国の問題だ！　お前たちに止められるものではない！」

「舐《な》めた事を抜かすなよ、三下《さんした》」

王国兵が叫ぶが、カリアはぎろりと一瞥《いちべつ》。

「司書の苦労を台無しにするバカ利用者共を、あたしが放置する訳が無いだろ」

「な、なに……？」

「魔導書は、現状アルーダ基地図書館の蔵書だ。目録にもある」

つまり、禁帯出図書の無断持ち出しだ。カリアははっきりと宣言する。

「ポロニア司令直々に図書館運営の助言・補助を任せられた人間として、口を出す権利はあるって事だ」

「詭弁《きべん》……」

絶句した王国兵の横で頭痛を押さえるポリュムは見ない事にして、カリアは警備兵へ言う。

「利用違反者を止めなきゃならない。……入れてくれる？」

「…………」

警備兵は、再び顔を硬直させる。もしや、という思いが彼に浮かんでいる。

「何を、するつもりっすか、司書さん」

「ラードルフと交渉する。追い付くにはあいつの力を借りるしか無い」

これに、薄々勘付いていたとはいえポリュムとエルトラスも表情を硬くした。

「ポロニア王子は車と馬を全部持ってってる。誰も追えないようにな。荒れ地と山越えて二十キル近く向こうに徒歩じゃ、絶対に間に合わない。だからラードルフも始末しようとしていた。……他に、手が無い。他の手段を探す時間も無い」

噛《か》んで含めるように言う。警備兵は表情を歪《ゆが》める。任務と、状況。

「……フゥーッ、……ぐっ……はぁ、すぅ――っ……」

深い呼吸、脂汗を流す顔を二度三度しかめて、己のポケットに手を入れた。

「おい、馬鹿な真似《まね》は……「うるせえ！」

王国兵の制止を遮り、警備兵は緊張で息を荒くしつつ、鍵束をカリアに渡した。

「王子……司令の蜂起のいざこざで、営倉が破壊、捕虜が逃げた。司書さんはそれを追った」

「――上出来。戦争終わったら映画の脚本家とかどう？」

にやりと笑って鍵束を受け取り、カリアは背後に振り返る。

「エル。貴女《あなた》は残って、あたしが出た後、残ってる兵隊に事情を説明して」

「は、はいっ！　やってみます。自信無いですけど……」

「ポリュムは……部隊の人とかいるけど」

「もし魔導書が魔王軍を撃てば、報復の魔王雷が来る事は確実。即応態勢で待機するわ。……ポロニア王子の思惑にまんまと乗る形は癪《しゃく》だけれど、他に動きようが無いわね。門は私たちが開けておく。任せなさい」

淀《よど》みない返事に、カリアは頷《うなず》いて営倉の扉を開けた。

大股の早歩きで、彼女は最奥《さいおう》へと進む。

「表が騒がしかったな。あの男はどうした」

ラードルフの声は、その姿が浮かぶ前にした。足音で察したのだ。

「死んだ」

歩きながら即答すれば、流石《さすが》に歴戦の人馬《ケンタウロス》も身じろぐ気配がする。

「！　奴《やつ》が――戦闘か」

「いいえ」

カリアはラードルフの眼前に至る。

「違反者の取り締まり。付き合ってくんない？」

五章

空が落ちても無断帯出は許さない

魔族ラードルフは、人馬《ケンタウロス》族の中でも指折りの戦士と言って良い。

戦士職を選ぶ人馬の例に漏《も》れず武勇武勲を尊び、仲間との絆《きずな》を宝とし、最前線で敵と果敢に戦う事を何よりの誇りとする。

幼き頃より武の道を選び、部族の間でも傑出した戦士となっていた彼にとって、巻き起こった戦争における魔王軍への参加は必然の流れだった。

人間が剣槍《けんそう》を捨てた事には無念の思いはあるが、それでも中には尊敬すべき強者がいる事も知っている。

前線で戦う魔族としては最上の部類であり、それは魔王軍の認識としてもそうだ。

ただ、彼の軍人としての可能性はそこまでだった。

「あの者には指揮は出来ぬ。率いて数十人が器量だろう」

戦功を上げる者が出世しやすい魔王軍であってなお上層はそう判断したし、ラードルフも異論は無かった。机上で戦《いくさ》そのものを動かす地位に、魅力は感じなかったからだ。

そのような彼にとって、魔導書は認めがたい代物《しろもの》だった。一冊の本がもたらす、数千を滅ぼし個の武勇を亡き者とする『魔法』。それも、魔導書も使い手も複数存在するという。

ならば、戦場の誉《ほまれ》は使う者に無く、死す者にも無い。

己が、そして肩を並べ戦う誉あるべき仲間たち。彼らが無為に死ぬ事は、ラードルフには受け入れがたい事だった。

（そのようなものは、戦の場にあって良いものでは無い）

自分たちのトップである魔王が使う魔王雷についても、ラードルフは複雑な思いがある。

だがあの『魔法』は、魔王の個としての力である。遙《はる》か高み、大いなる強者の業《わざ》であると自分を納得させていた。

その御業と引き替えに、魔導書は封じられた。戦場には再び誉が戻る。そう考えていた。

◇

アルーダ基地営倉。ラードルフが入っている最奥《さいおう》の部屋の前に、一人立つ女がいる。

「端的に説明するぞ。ポロニア――ここの基地司令が魔法協定無視して、あんたがいた前線で魔導書をブッ放そうと出発した。止めたい。足貸せ」

カリアの発言に、流石《さすが》に人馬族歴戦の勇士も瞠目《どうもく》した。

「何を言っている？」

「言った通りだ。質問あるならさっさとして。一秒が惜しい」

カリアの瞳が発する尋常ならざる気色に、ラードルフも表情を戦場のそれにした。

「——魔導書と言ったな。どういう事だ」

「ここで修復と実験されてた王国保有のやつだ。効果の詳細は機密だけど、撃たれたらケイアン盆地前線に布陣する魔王軍が壊滅する威力はある」

扉の向こうから殺気が湧いた。

「我が同胞に……戦友たちに。魔導書を使うだと」

戦士の重圧に歯を食い縛って耐えながら、カリアは好都合と拳を握る。

「あんたが嫌ってた『誇りの無い死』ってやつだ。仲間を助けたいならあたしに乗れ。……いや違うな、あたしを乗せろ」

「……貴様如《ごと》きに何が出来る。私一人の方がマシだ」

「いくら人馬《ケンタウロス》でも武器も無しじゃ、数百の兵隊はキツいだろ。けどあたしがいれば——」

扉の格子から、立ち上がったラードルフの視線がカリアを貫く。カリアは一瞬、躊躇《ためら》うように目を閉じた。言う。

「先着できれば、あたしが王国軍に事情を説明出来る。そんで前線には勇者がいる。武力でも止められる」

「勇者——奴《やつ》の説得など出来るのか、貴様に」

「勇者は協定に賛成の立場……のはずだ」

「貴様の目的は何だ」

「ひとつは図書館利用規約違反。もうひとつは魔導書が魔王軍に使われれば協定がおじゃん。それを止めるためだ」

ラードルフには前半の意味は分からなかったが、後半は理解した。

「あたしは魔王雷が嫌いだ。あんたは魔導書が嫌い。どう？」

利害は一致している。仲間たちを一方的な死から救うには、この誘いに乗るしか無い。

後は、目の前の女が信用出来るかどうかだった。

（恨みはある。そもそもが魔導書を甦《よみがえ》らせたのはこの女だ）

「ついでに言うとポロニアが持ってった魔導書も、半分ほどは直したのあたしだ。それで大量虐殺なんぞ御免被《ごめんこうむ》るってのも理由のひとつ」

ならば、今起こっている問題自体、カリアが原因という事も出来る。

だが、ラードルフはこの基地で、カリア＝アレクサンドルという人間に触れた。

（愚かな女ではある。戦いを厭《いと》いながら魔導書を甦らせた自己矛盾。その解消に必死になり無駄に苦しむ。この女にはおよそ、戦士の気概も潔《いさぎよ》さも無い）

ひたすらに現実に足を取られて足掻《あが》く、無様な女だ。

「だが折れる事も曲がる事も無い。……敵を斬れぬ斧《おの》といったところだな」

「あ？　斧《おの》？」

何か侮辱《ぶじょく》された様な気がして、思わずカリアから威嚇《いかく》の声が漏《も》れた。

「取引だ。私が足を貸す。貴様は魔導書を何としても止める。誓え」

「誓う」

即答するカリアに、ラードルフは格子の先で頷《うなず》いた。

「良かろう。なまくらに似合いの誇り無き場に運んでやろう」

「喧嘩売ってんのかオイ」

青筋を立てながら、鍵が扉に挿し込まれた。


「だ、大丈夫でしょうか……」

営倉の前で、不安そうにエルトラスはカリアを待っている。警備の兵も表情は厳しい。

「そもそもがあの人馬《ケンタウロス》を説得する、ってとこからして賭《か》けだもんな……」

だがそうでもなければ、とても車で向かったポロニアへ追い付けはしない。

「ふん、どうせ無駄――」

そう、縛り上げられたポロニア配下の王国兵が呟《つぶや》いた瞬間。

どごお、と営倉の扉が跳ね開けられた。

「馬っ鹿蹴るんじゃねえ！」

「やかましい！　一刻を争うのだろうが！」

半壊した扉から飛び出たのは、一体の人馬とその背中にへばりつく、一人の司書。

「カリアさんっ！」

「エルッ！　後頼んだ！」

鍵束を放りながら言う空中の上司へ、エルトラスは叫び返す。

「はいっ！　門へはポリュムさんが向かってます！」

「あいよお！　こっちだ向かえ！」

「指図するな女！」

言い合いながら、着地したラードルフが基地の中を駆けていく。

十数秒の疾走で、カリアたちは基地の端にある営倉から門近辺まで走破する。

「うおおお速っえ……」

「拾っている暇は無い。落ちるな。——門はどうするつもりだ」

流石《さすが》にラードルフも、補助無しでは基地の門を破る事も、外壁を飛び越える事も不可能だ。

「黙って走れ！　ポリュムが何とかしてくれてる！」

「他者任せか！　貴様それで——む！」

見えてくる。ポロニアたちを通した門の警備兵は、ポリュム配下の魔導技師隊により押さえられていた。

「き、貴様らっ、ただでは済まんぞ！」

「事情は説明したはずよ。このままじゃ貴方《あなた》たちは、軍に反旗を翻《ひるがえ》した王子に荷担した側になる。従いなさい」

断言するポリュムに、彼も戸惑わざるを得ない。

（た、確かにこの時間のポロニア司令の緊急出撃、不思議には思ったが……捕虜の脱走を素通ししろだと!?）

命令に異を唱えていては回らぬのも軍隊だ。彼の立場では全容が見えない。無理も無かった。

混乱が支配する基地の門を、ラードルフが駆け抜ける。

（すまん、あと任せた！）

（仕方ないわね）

門を通り抜けながら、カリアとポリュムはアイコンタクト。このままでは、帝国兵による基地占拠《せんきょ》だ。どうにかしてアルーダ基地の王国兵を説得する必要があった。

「本当に、あの女に関わると命懸けの舞台しかないわね……！」

毒づきはしても、ポリュムとてこのまま魔法協定が破棄される事を歓迎はしない。魔王雷が再開されれば、魔導技師隊が使い潰《つぶ》される戦局に戻る事になる。

それは一面では、魔導技師に再び最重要部隊としての光が向けられる事を意味するが、

（民衆と部下が犠牲《ぎせい》にならないならば、その方が良いに決まっているわ。ポロニア王子、私は

貴方を認めません）

彼女の魔導技師としての誇りは、民衆を、仲間を守るためのものだ。

カリアとラードルフを見送って、警備兵はやや引き気味に笑う。

「や、やりやがったぁ……。はっ、流石《さすが》裏の図書館番長だ！」

「裏でそんな呼ばれ方してたんですかカリアさん……」

「……秘密にしといてくれ。俺はこいつを営倉に入れてから、あんたを手伝う。王国の兵隊がいた方が良いはずだ」

彼は鍵束を拾い、ポロニア配下の兵を指さす。

ポロニアに従う派閥の兵隊が出て行った今も、アルーダ基地には八百以上の人員が存在する。

「は、はいっ。ポロニア王子の作戦が成功するにしろしないにしろ、このままじゃアルーダ基地が丸ごと逆賊と思われちゃうかも知れませんっ」

エルトラスの言葉に、警備の兵に立たせられた王国兵が呟《つぶや》きを返した。

「……我々は逆賊にはならん。連合国は必ずや、ポロニア殿下のご意志に従う」

「それは、どうでしょうね」

返された声は、エルトラスでも警備の兵でも無い。新たに現れた王国兵のものだった。

「テルモさんっ」

図書係の姿に、エルトラスの表情が明るくなる。

「騒ぎで当直兵以外にも、幾らかの兵が起き出しています。兵の噂話《うわさばなし》から、大まかな事情は把握しました」

テルモが、ポロニア配下の王国兵を見据えた。

「魔王雷。あの光に大事なものを焼かれた兵士というのは、案外多いものですよ」

はっとエルトラスはテルモを見る。

(そういえばテルモさん、お店を……って)

「あれを止めたのが、魔法協定です。……少なくとも、私はカリアさんにつく。あの方が、帝国人であろうと」

「ぬ……う」

呻《うめ》く。さらに後を続けたのは、警備の兵だ。

「――俺の故郷もな。魔王雷で焼かれた」息を詰めた反協定派の王国兵を睨《にら》み、言い放つ。「俺が仕送りしてた家族ごとな。そういうこったよ」

彼は縛った王国兵を営倉内へ連れて行く中、テルモが視線を落としていた。

「最初、図書館に行ったんです。……ミッターノ天補は、残念でした」

「……はい」

「おそらくポロニア司令が事を為《な》した場合、あの方はその戦果によりケイアン盆地前線の兵たちを派閥に取り込み、王や連合からの弾劾にこの基地で対抗すると思います。王都の閣僚にも反協定派は存在するはず。待っているだけで状況は彼の狙いに傾く」

テルモが冷静に分析する。

「……そう、ですね。多分」

「であるならば、息のかかった士官と兵を幾らか残し、基地内を統制しようとするはず。時間の勝負になります」

一時的にこの基地の残りを統率するなら、足りると思われた。

「兵を説得しましょう。カリアさんと私たちが運営した図書館に来た、皆さんを」

「はい！」

エルトラスたちもまた、走り出した。

◇

薄明の中を、人馬《ケンタウロス》とその背に乗った人間が行く。

「追いつけそう？」

「相手は集団なのだろう。我が脚を舐《な》めるな」

だが、ポロニアたちに追いついたとして、正面切って戦闘して止める事は叶《かな》わない。少なくとも百剣隊規模二個以上は連れているはずで、ならば三百はくだらない。如何《いか》にラードルフが精強な戦士といえど、どうにかなるものではない。

「ちっ、我が槍斧《やりおの》さえあれば」

「いや無理だってば。だから、彼らに見つかる訳にもいかない」

特に、東の前線との間にある、魔導書試射実験にも使われた荒野地帯が難しい。今夜の月夜の明るさでは、近付きすぎれば捕捉されてやられる。

「車は平地を行くしかない。こっちはもうしばらく進んだら、岩場に隠れつつ警戒する兵を確認しながら進む形になる」

ラードルフは、己の背で作戦を練るカリアへ問う。

「貴様はこの国の人間では無いと聞いたぞ。よくもそこまで必死になる事だ」

「…………」

カリアは黙り込む。彼女の行動は、当然ながら国際問題になる。基地の兵の反抗を煽《あお》り、さらには捕虜の解放。

結果次第では今度こそ死刑もあり得るだろう。

「本音を言うとね。フツーに怖い。死ぬのは」声の震えが、人馬《ケンタウロス》の上であるためだけではないとカリアは自覚する。「けど、魔王雷と魔導書がこれから先、何万もの命を奪う事は――絶対に認められない。それを見過ごしたら、あたしはみんなに顔向けが出来ない」

彼女の脳裏に浮かぶのは、幾人ものもう会えない人々だ。ミッターノも含め、彼らを裏切れば、カリアはもうカリアではいられない。

「……魔導書の方で死ぬのは魔族だとしてもか」

さらに問うラードルフの腰に回る手に、力が籠《こ》もる。

「関係あるか！　いいかこれも本音だけどな！　よりにもよってあたしが直した本で殺しやるのが気に食わねえってんだよ！　飛ばせぇ！」

その理屈は、人馬族の勇士にはやはり理解は出来ない。だが、何故《なぜ》だかその命令口調を咎《とが》める気にはならなかった。

◇

カリアたちより先行する事数キル、ポロニアたちの車列と騎兵部隊がいる。

「あとどれくらいか」

「もう二十分ほどです、殿下。王国軍が布陣する丘の上ならば、魔王軍の布陣を全て射程に収められるはずです」

助手席に座る士官が、地図を眺めて答える。それに頷《うなず》く後部座席に座るポロニアの横には、憂《うれ》いの表情を浮かべたタレーアの姿があった。

「本当にやるのですね、殿下」

「ああ。魔導書の起動は汝《なんじ》に任ずる」

唾《つば》を飲み込むタレーアに、ポロニアは重ねて告げた。

「安心せよ、バルンダル。汝《なんじ》は魔導書を発動する事だけに集中すれば良い。その決断、そして責任は余のものだ。汝には無い」

これは、単独兵により発動する魔導書に対する、王国の基本姿勢でもある。

「大いなる力には大いなる責任が生ずる。それを背負うのは実行者では無く、指示した者だ」でなければ、魔導司書は心が持つものではない。これについては、ポロニアのみならず王国としてもそう認識していた。

「『魔導書における現場の権限は魔導司書が担《にな》う』——それは、理想に過ぎる。かのカリア＝アレクサンドルの如《ごと》き超克の人間など、そうそう生まれるものでは無い」

タレーアを見て諭《さと》すようなポロニアの言葉を、彼女は伏せた目で聞いている。

(殿下の、仰《おつしや》る通りだ……カリアさんのようには、誰も)

そうで無ければ、とても彼女には決断が出来ない。

王国のみならず、連合軍、人類全体の方針を変えてしまうであろう、今回の作戦。タレーアの心の均衡《きんこう》は、ポロニアの言葉によってどうにか保たれていた。

「……不安なようだな。では、汝の心を今少し楽にしてやろう」

労《いたわ》るような司令官の声音に、つい先ほど魔導司書として任じられた女は顔を上げる。

「魔法協定は、あの時期には必要であった。魔導技師の疲弊《ひへい》が限界に近付いていたゆえな」

そう始めて語り出す内容は、おおよそポリュムとカリアが推測していたものだ。

回復した魔導技師により数度の魔王雷をやり過ごし、その半年から一年の短期間における魔導書の連続使用で各戦線を決定的に制する。

――だがそこから、ポロニアはさらに続けた。

「王国内地でも魔導書の修復は進んでいる。必要となれば、近い時期に数冊の魔導書が実用段階に入る。それは帝国も法亜国も同様であろう。他の連合加盟国からも、幾らかの魔導書供与の話は既に来ている」

ポロニアは拳を握った。

「――魔導書を封じたままでは、兵らの戦場における犠牲《ぎせい》は続く。そして戦争が長期化すれば、連合各国の民の疲弊も嵩《かさ》んでいく」

「民の……」

タレーアから漏《も》れた言葉に連合中軸国の王子は頷《うなず》く。

「全体の問題だ。魔導書と魔王雷の再開により短期に死す者の数と、魔導書と魔王雷の無い長く続く戦争で死に、飢え、経済が破綻《はたん》し、世界中で起こる死と」

迷い無く前を見るポロニアの内心を、タレーアは知る。

「それは、おそらく後者が多くなると余は見る」

今向かっているケイアン盆地には、現在二万の兵がいる。彼らがそこにいて、食うだけで一日に数万個のパンが要る。そして彼らは今、数か月にわたってそこにいるのだ。

「戦闘が起きれば、それに加え弾薬が、そして何より兵の命が。そんな消費が、今まさに世界中で行われ続け、そのツケは銃後の民が背負わされている」

（殿下は……憂《うれ》いておられる。王族として守るべき民たちが。この先の長期にわたる苦難に耐えきれるかどうかを）

「魔導書を使った短期決戦上での勝敗が分からぬ？　確かにそうかも知れぬ。だがそれは魔法協定がある今とてそうなのだ。果て無き疲弊《ひへい》の先に光があるか、それを見通す賢者はいない。魔導書の破壊力が心配ならば、魔王軍を降《くだ》した後に改めて規制すればよい」

だがこの時点でも、タレーアは答えが出せなかった。

「今しか無いのだ。攻性の魔導書の完品が手元にあり、それを扱える魔導司書もまた我が配下におり、そして即座に到達出来る前線に魔王軍の大部隊がいる今しか」

ここで、ポロニアは再びタレーアを見た。

「理由は以上だ、タレーア。汝《なんじ》がこれより行う事は、余がその責を負う。この意志に賛同する者たち皆も同じ想いだ」

「その通りです、バルンダル小天尉。我々も貴官と同じであります」

運転する士官もが告げ、タレーアは——己の主の決断に、頭《こうべ》を垂れた。

「分かり、ました、殿下。殿下の深長なるお考えに、従います」

その判断は、間違いとは言えないものだ。

自分で選んだもので無いという、一点を除けば。

◇

王国軍天兵長・テルモは、雷の度に身が竦《すく》む。

それは彼だけではなく、自身の土地に魔王雷が降った連合国民全体に共通するものだろう。

あの日、彼の店が跡形も無く消えたあの日。避難した魔導技師隊による結界の中から、神の如《ごと》き力で吹き飛んでいく結界外区画を見た日から。

あれは、ただ一個体の魔族によるものだと。それを知らされて、テルモは震え上がった。

雷が怖くなり、自然の荒天に震え上がるようになった。

戦いなど考えた事も無かったが、魔王雷見舞金という端金《はしたがね》では商売の再建も、しばらくの生活もままならない。彼は軍へ入る事にした。

（魔王雷を使う魔族――魔王は、己の行いの結果を見た事があるのか？）

あるまい、あってたまるか、とテルモは思う。

己の意志の結果、数千数万の命が消え、街が砕ける。そんな因果は、ただ一つの意志が受け止められるものでは無いと。

（でも、もし。もしそうであるならば。そんな奴《やつ》に、そんな化物に。誰が勝てる？）

その後も、魔王雷は連合国各地に降り注いだ。数多《あまた》の命が吹き飛んだ。自分のような体験をした人間が、どんどん増えていく。その度に、魘《うな》される夜が増えた。

だが。あの日。状況は一変した。

(魔法協定。帝国の士官の行動により生まれたというその協定で、あの雷は止《や》んだ)

カリア＝アレクサンドルへ人々が抱く思いは、かつて彼女の上司テルプシラが言ったように圧倒的な戦果への畏怖《いふ》もあろう。

しかし、天より来たる魔の雷を止めた――という感謝も、確かにあるのだ。

だからテルモは今、自国の王子の目的でなく、帝国の女士官の望みに動く。それが彼の意志であり、あの雷を恐れる人々の代弁者となるべきと考えて。

「ですから！　司令の独断なんです！　王国、そして王は協定派なんですよ！　このままでは我々は逆賊になってしまう！」

アルーダ基地に残った八百余りの兵。カリアを信じて、彼らを味方につけねばならない。司令部を押さえられれば、電信で王都や近隣基地にこの状況を伝えられるが、当然反協定派の兵がいる。それなりの戦力が必要だ。

「貴方《あなた》がたは昨晩まで司令の行動を知らなかったはずだ。禁止されてる魔導書まで持ち出して！　おかしいでしょう、そんなの！」

「しかし、基地司令の命令だぞ……」

「ペンテニス大天尉が勝手をすれば処罰すると」

カメリー＝タ＝ペンテニス大天尉。王子が残していった貴族出身の上級士官だ。先手は打たれている、とテルモは表情を厳しくする。

（もちろん反協定派でしょう。事を成した王子が戻る基地の統制を維持するための王子の目論見《もくろみ》通りに事が動けば、アルーダ基地の人々は最悪王子を咎《とが》めた味方と戦う事になる。しかも、魔王雷の報復対象になりながら、だ。

「考えれば分かるはずです！　ミッターノ天補も王子に殺されたんですよ!?　彼は王の密偵だった！」

カリアたちから伝えられた情報に、どよっと兵舎にざわめきが走った。

「何を話している！　貴様等！」

そこへ、カメリーが率いる一隊が叱責《しっせき》と共に現れる。

「貴様――図書係の兵か。アレクサンドルに感化されたか。下手な動きはするな、と言ったはずだ。貴様等兵隊は上の命令に従っていればいい。殿下を信じておけ」

彼らは小銃を持っていた。兵器庫はいの一番に押さえられている。

（武力で制圧する事は難しいか……）

説得途中で遮られたテルモは歯を食い縛る。

兵舎の兵を味方に付けられれば不可能では無いが、下手をすれば多数の死傷者が出る。それも、王国兵同士によってだ。

テルモの階級ではこれ以上手の打ちようが無い。その時だ。

「随分と騒がしくしていらっしゃるのね」

「──貴官は」

外を振り返るカメリー。現れたのは、

（ポリュム＝ホルトライ殿！）

大天尉は帝国の階級では千剣長に相当する。ポリュムもまた、その階級は千剣長だ。階級の上では五分。

テルモは心中で驚嘆している。彼女は正面門を押さえた後、こちらにやってきたのだ。

今正面門は彼女配下の魔導技師隊が、占拠《せんきょ》と説得を行っている。

少数とはいえポロニアが招聘《しょうへい》した魔導技師隊で、彼等はポロニアの作戦が成功した場合、報復の魔王雷を防御する。

反協定派の兵といえど、おいそれと手は出せなかった。

「話は道すがら伺いました。随分とポロニア殿下はやんちゃでいらっしゃる」

「な、無礼な──」

ぎろりと。カメリーの激昂《げきこう》は、ポリュムの眼光によって気圧《けお》された。

「魔王雷を、それに抗する魔導技師隊をエアンへアール王家は何とお思いか！」

一喝《いっかつ》だ。大天尉であるカメリーすら圧する覇気であった。

彼女は見かけこそ若いが、これまで複数回、魔王雷に相対し、死線を抜けてきた女である。

その瞳には、あからさまな怒気がある。己と、その部下と。国を越えて人々を守るという、同じ任務に就く魔導技師、その全てを代弁するかのような。

「王国こそが魔導技師の発祥でありましょう!!」

（何という気迫だ……）

テルモが瞠目《どうもく》する。いつの間にか、兵舎全ての人間の視線が彼女へ向けられていた。

その声の、その瞳の、その人を統《す》べる器の凄絶《せいぜつ》さ。一兵卒には決して届かぬ領域。

己の誇りと命を懸けて、無辜《むこ》の民を守り続けた意志。それで無ければ出せぬものだった。

「う、く……」

「よろしいか。我らはポロニア司令に招聘《しょうへい》された部隊。しかしその御意向が不明な以上は、退却も検討させていただきます。味方に背後から撃たれるのは御免被《ごめんこうむ》るゆえ」

ポリュムは言い放つ。実際にそんな真似《まね》は出来ないし、するつもりもない。戦略的にも、彼女の矜持《きょうじ》としても。——しかし、相手は無視出来ない。

「そ、それは困る！　貴方《あなた》がたには当基地にて待機していただかねば！」

カメリーは焦って引き留める。

（ぐ、ぐぐぐ……何故《なぜ》だ、何故こんなにも早く、帝国の人間が動いている？　本来であれば事態の把握すら間に合わんはずだ）

それは、ミッターノの命を捨てた行動、そして深夜に作業をしていたカリアの図書馬鹿ぶりによるものだ。カメリーにも予想出来ぬ話であった。

（魔導技師隊の人員は万が一にも傷付けられない……。奴等《やつら》が負傷などすれば、魔王雷の防衛確率はそれだけ下がる）

――仮に。ポロニア自身がここにいたならば、拘束と強制での作業従事を即断しただろう。彼は事さえ成れば、アルーダ基地が自身ごと吹き飛ぼうと良し、と本気で思っている。

だが。カメリーにはそこまでの覚悟は無かった。

兵士の大多数が存在する、兵舎の趨勢《すうせい》は決まりつつあった。

◇

その時、エルトラスは――兵器庫の前にいた。

「は、はあわわ……」

尻もちをついた彼女の前に突き出されているのは、王国制式小銃ファイアレード三式の筒先。

「帝国の人間が、チョロチョロしてもらっちゃ困りますな」

小銃を持つのは、王国の下士官だ。彼もまた、ポロニア配下の兵である。

エルトラスは、メインの兵舎二つ以外の宿直舎、そして基地内施設の兵へ言葉を届けに走っていた。内容は、

『ポロニア王子が連合国、そして王国自体の方針にも反する行動を取った。帝国側としてはこれを強く問題視するものである』

という内容で、これはポリュムの入れ知恵によるものだ。

——エルトラス自身の階級は現在剣兵長補で、下士官の端っこ、というレベルだ。

しかし彼女は、アルーダ基地の多くの兵にとっては『魔法協定の発起人カリア＝アレクサンドル特務千剣長の腹心』と見られている。

そんな彼女が、帝国の立場と称して——相当に厳しい綱渡りだが——ポロニアを批難する言動は、今回の事情を良く知らぬ兵隊には、かなりの衝撃を与える。さらには営倉の警備兵も便乗し、手分けして喧伝《けんでん》を行っていた。

「図書館の平民利用にしろ今にしろ……随分と好き勝手にやってくれたものだな、帝国人」

……無論、普通なら国家間の影響を考え、出向している他国人は静観するのが基本だ。反協定派にしてみれば、

「何故《なぜ》帝国の人間が？　正気か⁉」

というものである。

だが、ここに来ていたのはカリア＝アレクサンドル。そしてその影響を受けまくったエルト

ラスであった。

魔導技師隊長ポリュム＝ホルトライもまた彼女の知己であった事は、反協定派にとっては不幸な偶然であったが……魔導技師隊はその数自体が少ない。当たる可能性はあった。

そうして基地全体に走る動揺を見て取った、兵器庫を押さえていたポロニア配下の兵が今、エルトラスを捕捉したのだった。

「ひ、ひえええええ」

涙目で両腕を上げる彼女を、王国士官は忌々《いまいま》しげに見やる。

「しばらく図書館の中で大人しく――が」

言葉の途中で。彼の頭がズレた。前に傾き、エルトラスの横へどさりと倒れた。

「はへ？」

「いやどーみても客に銃向ける方がおかしいだろ……命令だから従ってりゃ調子こきやがって」

士官の後ろで、彼に叩《たた》き付けた銃床を構えているのは、若い王国兵だ。

「まあしょうがねえかなこれは……」あれこれ呟《つぶや》いてから、彼は気を取り直しエルトラスへ手を差し伸べた。「大丈夫っすか」

「ど、ど、どうも。ありがとうございます。でも何で……？」

兵器庫周りにいたならば、ポロニア配下の兵のはずだ。

「いや、兵器庫に配置される直前、タンムー中天尉と話したんすよ」

「タンムー……というと、クルネア＝ロ＝タンムー中天尉ですか？」

そう、と頷《うなず》く若い兵は兵器庫を振り返る。手を振る兵が数人いた。その中に、何度かエルトラスが図書館で見た貴族士官――クルネアがいる。

「理由も分からずに自分らの基地の兵器庫占拠《せんきょ》なんかして、これがもしやべー事だったら後で俺ら全員処罰でしょ。だから中天尉が、まずは従うフリだけして応援に来て、もし反対する人が信頼出来そーなら、内から王子派の奴《やつ》ら拘束してそっちに鞍替《くらが》えしようって」

割と危うい事を言いながら、彼は士官を縛り上げる。

「し、信頼出来そう、ですか？　わたしたち？」

「中天尉はそう言ってた。それにエルトラスさん、だったよな。俺、たまに図書館行っててさ」

「え」

そう思って見れば、確かにその王国兵もまた、図書館で数度見た顔だ。

動物図鑑を「子供っぽいかな……」と言いつつ恥ずかしげに借りていった姿を、エルトラスは覚えている。

「こないだ戦死した――セヴァン小天尉が、俺らにも図書館行けって言ってくれてさ。図鑑って面白いもんなんだなって初めて知ったよ。あんなもん、高くてとても買えなかったから」

美麗な絵や写真を載せた図鑑の類は、確かに値段も高い。平民が個人で買うには、現代でも少し気合がいる。

なお。平民出身のために本の扱いが悪く、ページが外れたと言って持ってきた彼を、カリアはどやしつつも、

「正直に言ったから許してやる！　次から気をつけな」

とヘッドロックしながら持ち方を指導していた。

「まあ、アレクサンドルさんは怖かったけど。そこで助けてもらってタンムー中天尉とも仲良くなったんだよなそういえば」

「はっ、はい、すいません……」

思わず謝るエルトラスである。

「あと、あれだ。基地の教会に、他国人と王国兵の中でも信心深い奴《おれ》ら《ら》が集まってる。そこの兵隊はどっち側にも付かない、って言ってたぜ」

「え、そ、そうなんですか？　確かに警備の兵隊さんが、他の国の人たちに事情を話して来るって行かれましたけども」

王立教会は戦闘行為に直接の協力はしない、という立場を取っている。

王立教会の奉ずる神は、王祖神でもある。エルトラスに協力した警備兵から情報を得た法亜国人――カルタロは、他国人の他、王室を重んじる思想を持つ王国兵たちを、ポロニアの行動がエンドルア王の判断に反するものだとして教会に集めていた。

エルトラスにはその行動の意図は読めない。

カルタロが、自身の神の教会では無くとも、兵の信仰の場を戦闘被害に遭《あ》わせぬようにそう動いた事も、それがセヴァンの死に様を見た事によるものだとも、彼女には知る由《よし》も無い。

ただそれでも、繋《つな》がる想いはあるのだった。

「あんたらやセヴァン小天尉、タンムー中天尉たちが、図書館を俺ら平民の兵隊でも使っていいんだ、って言ってくれなかったら、多分今でも行ってなかった。だから……ありがとよ」

そう言った彼が照れ隠しのようにそそくさ兵器庫へと戻れば、

「我々はこのまま兵器庫を維持。誰にも武器は渡すな。カメリー大天尉殿の命令は不明点多く、指揮系統が判然としない！　一時保留とする！」

内部から兵器庫を制圧したクルネアがそう声を張り、エルトラスの方へと頷《うなず》いた。行って良い、というサインだ。

「で、でも！　無駄じゃなかった……無駄じゃなかったです、カリアさん！」

エルトラスは、むんと意気込んで再び駆け出していく。

◇

アルーダ基地より東に七キル地点。

わずかに白み出す月夜を背に、ラードルフはカリアを背に乗せて走っている。

「ラードルフ。そろそろ隠れんの意識して行こう」

ここまでは荒野を単独行。ポロニアたちの通行跡を追い、月明かりを頼りに飛ばしてきた。

「ポロニアの周囲を警戒する奴《やつ》らがいるかもだ」

ラードフルは無言でそれに従う。荒野地帯の岩から岩へ。一旦身を隠し、カリアが提供した望遠鏡でラードルフが行く先を確認してから進む。

人馬族《ケンタウロス》は、視力自体は人間よりもやや劣るが、眼球内に光を増幅する器官を持ち、夜目は人間より利く。

(動物の馬も同じ器官あるらしいが……人型か馬型か、どの系統の魔族から進化したのかは議論が分かれるって読んだな)

「……む。いるな。騎兵十だ」

何度目かの岩の陰で、ラードルフが呟《つぶや》いた。

「まだ距離がある。戦闘で万一あんたが負傷したら終わりだ。迂回《うかい》して行こう」

「基地の足を封じた上であのような兵まで置くか。念のいった事だ」

「王子の地位にあぐらかいたよーな人間じゃないのは分かってた事だ。あんにゃろう――」

カリアはこれまでの事を思い出す。彼女を呼び、研修参加者たちへ知識と技能を吸収させ、そして一方で警戒していた。

(ラードルフたちの襲撃後、あたしとアリオスを街に送り出した……思えば、あれは前倒しにした計画を水面下で進めるのに、あたしとアリオス両方を基地から遠ざけたかったんだろう)

当時は全く気付かなかった己を、カリアは殴り飛ばしたくなる。

(クソッタレが！　何浮かれてたんだ女学生でもあるまいに)

静かな夜闇《やあん》に音を立てぬよう、一人と一体は静かに歩いて相手の視界から外れる。

「よし、行こう」

やり過ごして進みながら、カリアは事前に見た地図を思い出して顔をしかめる。

先の騎兵十人。不意を討つ事が出来ればラードルフなら撃破の可能性もあったが、それをしなかった理由はカリアの躊躇《ちゅうちょ》――ラードルフが負傷するリスクと、王国兵を傷付ける事――の他に、もう一つある。

荒野地帯を抜けた先には山があり、そこには一本しか道が通っていない。

ラードルフたちが攻め込んだ際に、彼らの遅滞部隊とアリオスと共に追撃した騎兵隊が戦った場所だ。

(流石《さすが》にこの状況で、夜の山中を進むのは厳しい)

一刻を争う。遭難でもすればまず間に合わなくなる。つまりそこだけは強行突破する他無く、賭《かけ》の要素は可能な限り減らしたい。

(ラードルフがかなり強いっつっても丸腰だ。抜けられるか……？)

カリアはポロニアの策を考える。先刻の騎兵を荒野に置いていることからしても、山道に誰もいないという事は希望的観測が過ぎる。

「ふん。見くびられたものだな、この私が」

背のカリアの不安を、ラードルフは易々《やすやす》と感じ取った。む、と彼女が眉をひそめれば、

「言っただろう。取引だ。貴様を届けるまでは、我が領分よ」

彼の言葉に呼応するが如《ごと》く。荒野に月明かりを反射して光る、砂に埋もれた何かがあった。

「我が同胞の刃は、たとえ折れ砕けようが死にはせん」

通過しながら、ラードルフはそれを引き抜いた。

「それ……！　あんたらの槍斧《やりおの》か⁉」

誰が知ろう。それは、アリオスが人馬《ケンタウロス》族の戦士から奪い、振り回した槍斧だ。慮外の力に振り回された後に投げ捨てられ、荒野の外れまで飛んで突き刺さったそれは、柄はやや曲がり、刃部分が破損し、歪《いびつ》な鉄棒とさほど変わらぬ様ではあるが。

「これで勝ちの目は十分。行くぞっ」

ラードルフが速度を上げた。その理由は、

「っ！　後ろの奴《やつ》らが気付いたか！」

迂回《うかい》してやり過ごした騎兵。白む空でカリアたちに気付いたのだ。追ってきている。

「は。一度距離を空けたならば無駄な事。我が速度に追いつける道理は無い！」

言葉通り、ラードルフの速度で彼らとの距離は空いていく。小銃も馬上、なおかつやっと視認出来るようなこの距離では当たるものでは無いが、

「ぬおおおおおおお！」

頭を下げて全速のラードルフにしがみつくカリアは必死だ。ここから休憩は無い。

（止まれば後ろに捕まる、そんでこの先の山にはポロニアの兵隊！）

自分と懐《ふところ》に入れたモノを取り落とさない事に、全精力を傾けている。

「離すなよ女！」

蹄《ひづめ》が巻き上げる荒野の土と砂が終わる。山へと入る。

◇

アルーダ基地と東の前線、その前線側にある山。その山頂近くの山道。

「夜が明けるな。そろそろ殿下たちは着く頃だ」

「ああ。今日で戦争は変わる。魔族の種族的優位性なぞ無い、さらなる巨大な力を叩《たた》き付ける形に」

三十の王国兵がその場所を埋めている。彼らは山道いっぱいに広がり、さらには二列。斉射すれば、山道に逃れられる場所は無い。道脇の木々にも数名が配置され、道の脇を隠れて行こうとする者を咎《とが》める事は容易だ。

「しかし、我々がここにいる意味はあるのでしょうか？　基地にある足は全て奪いましたし、捕虜の人馬《ケンタウロス》も今頃は——」

「黙って守れ。戦場では常に予定外の事はあるものだ」

後背からの妨害を警戒したポロニアにより、彼らは基地と前線を繋《つな》ぐ中の隘路《あいろ》をこうして守っている。

「分かっております。殿下の勘は良く当たりますしね」

この場の王国兵は反協定派に属する貴族出身の小天尉と、その隊の兵隊が主だ。いわばポロニア子飼いの兵たちと言える。


——王国において反協定派と呼ばれる者たちの大元は、魔導具を転用し大量破壊兵器を作るべきと主張していた派閥だ。

王国は魔導具の発祥国であり、技術開放し結界用途での研究を推し進めてきた。その反発のように生まれた者たちだ。

『魔王雷を防ぐ出力を生めるのだから、それを攻撃に転用出来るはずだ』という理屈である。

だが当然、道具には用途において向き不向きがある。大元である王都にあった魔の礎石が、結界用途のものであったのだ。魔王雷をまず防ぐべきという必要上の理由も手伝い、その派閥はそこまで力を持つ事は無かった。

だが、魔導書という新しい力。王国にも複数存在すると分かったそれの出現で、派閥は方針を変えながら勢力を増やした。

『魔導書の使用を解禁し、大火力を以《もっ》て戦争の決着をつけるべし』

その思想の元、魔法協定に協力的である政権から隠れつつ、反協定派閥は蠢《うごめ》いていた。

決定的だったのは、第三王子でもあるポロニア＝ア＝エアンへアールの参加だ。王族である彼を首魁《しゅかい》とする事で、派閥は水面下での力を強めた。

彼はアルーダ基地を預かっており、そこでは新兵器や兵科の運用実験を行っていた事も好都合だった。ポロニアは政治的な駆け引きも行い、魔導書の運用実験、技能研修を行う基地のひとつにアルーダ基地をねじ込む事に成功した。

用心深く、ポロニア自身は表向き協定に肯定的な姿勢を見せた。これは、父である国王エンドルアが強力な協定推進派であるために、怪しまれる事も少なかった。

そのような中で、ポロニアは実働する者たちに有力な貴族も取り込んでいった。

自身は反対派の首魁ながらにして、協定に賛成する立場である事を表向き徹底。それにより彼は、攻性の魔導書の実物をも、運用実験の名目でアルーダ基地へ回す事に成功。さらには、直属の配下へ魔導司書としての技能を全て修めさせた。

つまりは、今回の作戦は周到に計画されたものだ。事情を知った上でポロニアに付き従う将兵の士気はおしなべて高い。

「アレクサンドル殿を騙《だま》す形になったのは心苦しいが、な」

「そうだな。基地の他の奴《やつ》らを騙してる事も……本を読んでいる間は忘れられた」

「――ミッターノもだ。あいつには図書館で世話になった事もある。残念だった」

「言うな。大義のためだ」

皮肉にも、カリアやタレーアが一般の兵にも開放した基地図書館の恩恵を、彼らも受けていた。士気の高さにはそれも一役買っている。

だが。しかし。

彼らの多くが、アルーダ基地図書館の利用者である事は、ある意味で不幸でもある。

「てっ、敵襲ーっ！」

「何！」「誰だ!?」

しんみりしていた兵たちが慌てて小銃を準備する。そして、続いた報告が彼らの心胆を底から寒からしめた。

「捕虜になっていた人馬《ケンタウロス》だっ！」

「……背に、カリア＝アレクサンドルを乗せているッ！」

「！　？　!?　！　？　??　？　！　！　!?　！」

居並ぶ兵たちの大半が、驚愕《きょうがく》と不理解に表情を引き攣《つ》らせた。何故《なぜ》？　どうしてそうなった？　と疑問が駆け抜ける。しかし。

読者諸兄にはもはや語るまでも無い事ではあるが。

カリア＝アレクサンドルは、違反利用者を許さない。


「ゾロゾロ並んでやがるな！　いける？　ラードルフッ！」

「誰に向かって言っているッ！」

鬼神が如《ごと》き形相で、カリアと、彼女を乗せるラードルフがさらに加速した。しばらく距離を空けて、背後には荒野を巡回していた兵も追ってきている。

「し、死ぬ気かっ！」「ちぃっ、人馬《ケンタウロス》にだけ当たれよっ！」

驚愕《きょうがく》しながらも、ポロニア配下の兵たちが隊列を組み小銃を構える。指揮する小天尉が、異常な状況に脂汗を流しつつもタイミングを計る。

（人馬は上半身が馬の首よりも広い。アレクサンドルへの盾の形になればあるいは……）

姿が見えた距離は三百メル程度だ。まだ曲がりくねる山道の途中だ。遠い。

二百五十メルを切る。ラードルフが直線に入る。

二百メル。

「──撃てっ！」

三十挺《ちょう》のファイアレード三式が一斉に火を噴いた。道は直線。一杯に広がった火線からは上下左右、避ける場所は無い。

如何《いか》に精強の人馬族とて一体のみ。それで決まると誰もが思った。が。

「がああっ！」

咆哮《ほうこう》。勇者には及ばぬとはいえ、中級魔族でも指折りの膂力《りょりょく》によって高速回転させられた槍斧《やりおの》が、幾つもの火花を咲かせ小銃弾を弾《はじ》き散らす。何発かはすり抜けるが、当たらない。

「「「「っ！」」」」

王国兵が驚愕するその間も、ラードルフの疾走は止まっていない。距離が瞬《また》く間に埋まり、

「に、二度も続くものか、あんな曲芸！　第二射っ！」

号令と発砲。その、一瞬前に。

だんっ！　と。蹄《ひづめ》が地面を蹴り飛ばす。

「あ――」

最初にカリアの事を話題に出した王国兵が、口をあんぐり開けて空を見た。

そこに、馬の腹と、彼らをブチ切れた目で見下ろすカリアがいる。

「ご、ごめんな――」「避けろお前らァッ！」

轟《ごう》、と。人馬の腕力で槍斧が投げ下ろされる。それは、位置エネルギーと重力も加わり、砲弾さながらの勢いで、山道へと突き刺さる。

「ううわああああああっ！」

慌てて千々に散らばった王国兵たちがいた場所に、それは着弾する。

どごお、と盛大な音、そして衝撃波と土煙を撒《ま》き散らしたその破壊は、王国兵たちを散々に吹っ飛ばしたが、

（良し！　直撃した奴《やつ》はいない！）

大きく開いた山道へ馬体が着地、そのまま槍斧《やりおの》を放置して再び加速した。

「余計な真似《まね》を。警告せねば五、六人は取れたろうに」

「ざっけんな！　ンな真似承知しねえぞ！」

口論しながら、あっという間にカリアたちは山道を遠ざかる。

「ぐっ……構えろ！　後ろから狙え！」

尻もちをついた小天尉が、倒れ込んだ兵を押しやって命令する。

「し、しかしっ。この位置関係ではアレクサンドル殿に」

ラードルフの上半身がある前面とは違い、背面はカリアが丸見えだ。王国兵の中へ明らかに躊躇《ためら》いが出た。

高速で去り行く人馬《ケンタウロス》相手だ。元から当たる可能性は低かった。躊躇いの間にそれはさらに低く、まず命中など求められない距離になってしまう。

「～～！　ええい、馬鹿者どもっ！」

突破された。部下を罵《ののし》りながら、小天尉は苦い納得を得ていた。

他の人間であれば、撃てていた。

しかし彼ですら、カリア＝アレクサンドルという名を思い浮かべた時、脳裏に現れるのは図書館で兵を叱り飛ばし、そして笑い合う姿だった。

（くそ、くそっ、奴でさえ、アレクサンドルでさえ無かったならっ！）

◇

カリアたちの猛追に、手立ては残しても未《いま》だ気付いていないポロニアたちの車中。

「ではタレーア、魔導書の確認をせよ」

頷《うなず》き、タレーアはふたりの間に置かれている魔導書の入った箱を開ける。そして、目を見開いた。『天墜《お》とす瞳』そしてもうひとつ、巻物型の――

「これ、は……！」タレーアの声が震えた。「殿下。これはワイアスから接収した魔導書ではありません！」

「何？」

巻物を取り、開く。中身に書かれた文字も酷似してはいるが。

「偽物《にせもの》です……！　レプリカ？　何故《なぜ》こんな……いや、そうか。補筆の練習用に……でも」

ば、とポロニアはタレーアから巻物を奪い取る。破損もそれらしく『作って』あるが、内部の文章は転写されたものだ。そして、数百年前の紙質ではない。

「魔導書を入れていた金庫に入っていたと報告されている。よもや『天墜とす瞳』は」

主に言われて、タレーアは『天墜《お》とす瞳』を手に取り、開き数ページを確認する。

「こちらは紛れもなく本物です。では、巻物の方だけ——一体誰が」言いかけて、彼女は首を横に振る。問うまでも無い。「カリアさん……！」

「すり替えられた魔導書の修復は」

「終わっていないはずです。前日までの報告書でも」

ポロニアは思考を走らせる。どういうつもりでそれを行ったのか。

「奴《やつ》め。察していたのか？　いや、それならば『天墜とす瞳』も偽物《にせもの》を仕込むはず」

意図を読み切れないまま、しかしポロニア、タレーア共に確信している事がひとつある。

「後方に手勢を置いたは正解だったか。止めに来るだろうな、あの者は」

◇

走る。走る。カリアとラードルフが山をひたすら走る。

「ぬう……！　まだ見えんか！」

（まずい。まだ追い付かないって事は）

両名の心には焦りがある。このままでは、先着する事が出来ない。荒野での哨戒《しょうかい》、そして山での足止め。これらの突破に時間を使わされた。

「追い付く事は出来る、してみせる！　が、その後をどうする、カリア＝アレクサンドル！」

魔導書を、使われた場合を。

「――手は、ある。死ぬほど気が進まないけど」

冷や汗を垂らしながら、カリアは自分の懐《ふところ》へと手を入れた。そこには、

「修復が完了した魔導書がもう一冊ある。これが修復終わってるのはポロニアもまだ知らない。追い付いて……発動した『天墜とす瞳』をこいつで迎撃する」

ワイアスから接収した魔導書。今夜、ポロニアの配下が図書館に来るまで。カリアの手によって補修が続けられていたそれは、各所の綻《ほころ》びや破れが補強された状態で、今は文書の補筆すらも終えつつあった。

この魔導書にタイトルは特に無い。カリアは外側の修復を概《おおむ》ね終えた段階で、序文から仮に名付けている。

「題するなら『宇内《うだい》無限なり』――」

太陽と風の女神を信仰する法亜国の著者の、女神への信仰がそこにはあった。

「な――」想像もしていなかった言葉を背にぶつけられ、ラードルフは啞然《あぜん》とする。「貴様、正気か……？」

彼の驚愕《きょうがく》は当然の事で、言ってみれば魔導書は大量破壊兵器だ。何故《なぜ》王国のそれを、カリアが持っているのか。

「それは、その……えっと」

魔導書の補修は実習講義の手本として行う他、カリアの裁量にも任せられているが、そこは連合国とはいえカリアは帝国人で、アルーダ基地の魔導書は王国の所有だ。

普段は件《くだん》の書庫内金庫に入れ、一度の作業ごとに申請書を提出して金庫から出し、作業後は報告書も提出する事を求められている。

「理由は、その、解読も終わって読んだら内容も面白くて、テンション上がって。今日の修復報告出した時点でもう一息だったんで、やっちまえ、って」

ラードルフから表情は窺《うかが》えぬカリアは、気まずそうにたどたどしく告げた。

「補筆の練習用に作ったレプリカを金庫に返却して、本物を夜のうちに直して、明日に戻して証拠消して、修復報告書に、今夜の作業込みで書いておけばバレないかな、って……」

無論、違反である。次の時戻しておくつもりだったとか関係なく駄目である。

はっきり言えば、バレたらめちゃくちゃ死ぬほど怒られる……どころか、国際問題手前だ。

そういう、言語道断なカリアの図書修復欲求の結果。もう一冊の魔導書『宇内無限《うだい》なり』はカリアの手にある。

「貴様、頭がおかしいのか……？」

理由を聞いてもう一度、愕然《がくぜん》の声音でラードルフが言った。

繰り返しになるが重大な職権乱用である。

そしてモノは大量破壊兵器である。

「悪かったと思ってるよ！　でも今は好都合なんだから呑《の》み込め！」吹っ切るように叫んで、
カリアは『宇内無限なり』を持つ。「とにかく、追い付きさえしたら何とかする！」

「その言葉、真実だろうな！」

「嫌だけど専門家なんだよあたしは！　今んとこ世界一のな！」

下り坂は木々を抜けつつある。それが意味する事は、

「山抜けたらすぐに王国軍の陣営だ。こっちの哨戒《しょうかい》にも引っかからないようにして！」

ポロニアは王国軍の陣の好きな場所へと総スルーで行ける。カリアたちには無理な話だ。

「だから、あたしらはその正面に回り込む」

「魔導書を迎え撃つに最も好位置な場所へ、か」

「理解が早いね。ポロニアにぶっ放されれば魔王軍は壊滅しちまう」

それを止める。その目的も、それをする意味も聞いた上で、ラードルフは思う。

（連合軍の上級将校の身で、魔王軍を守るために動く）そしてその理由は、本のためだと宣《のたま》う。

（奇妙な女だ、全く）

ラードルフにとっては理解出来ない動機なのに、そこだけは疑う気が起きないのであった。

◇

「狼狽《うろた》えるな、タレーア」

ポロニアが『宇内無限《うだい》なり』のレプリカを握りつぶす。どの道、やる事が変わる訳では無い。

東の前線の状況。アルーダ基地との地勢。行使者の確保。

「天。地。人。全ては整っている。それはこの一時のみだ」

そして今、二度の修復を終えた魔導書『天墜《お》とす瞳』はポロニア＝ア＝エアンへアールの手からタレーア＝ル＝バルンダルの手へと渡されつつある。

たとえ、もう一冊の魔導書がカリア＝アレクサンドルの手にあるとしても。

「……此度《こたび》は翻訳《ほんやく》も完璧であるな？」

「はい、殿下。前回の様な失態は繰り返しません。カ――アレクサンドルによる解析と実習により、三訳の解釈照らし合わせと魔力経路の確認も行っております」

「問う。今の汝《なんじ》は、カリア＝アレクサンドルと比較しどれほどの習熟か」

タレーアは――『天墜とす瞳』を両手に持ち、静かに瞳を閉じた。

冷静に、傲《おご》り無く、彼女は自身を俯瞰《ふかん》する。カリアの行った修復と、補筆・絵画を思い出す。

その上で。

「同等以上まで引き上げたと自負します。私の持つ技能で、彼女に劣るものはありません」

その自己判断は正確である。素地があったとはいえ、たかだか三か月の指導で彼女はその領域にまで達している。タレーアの才覚は、カリアの見立て通りのものだ。

かつて、タレーアは婚約していた時期があった。

幼い頃に取り決められた、とある王仕貴族（特定領地を持たず、王宮で王に仕える貴族）の嫡子とだ。タレーアには兄があり、バルンダルの家は彼が継ぐ。彼女は結婚までは好きな学問を修めて良いとされ、学校に通っていた。

婚約相手は十も年上だったが、家同士の付き合いがあり何度も会っていた。その度に姫の如《ごと》く扱われていたために、ぼんやりと自分は彼と結婚するのだな、とタレーアは受け入れていた。そんな少女時代だった。

タレーアが十八になる年、魔王軍との戦争が始まった。当時彼女は王立大学においてその優れた知性を花開かせつつあり、学外からの評価も高き才媛と目されていた。

だが、タレーアは卒業と共に結婚を待つ身だ。

その日。王国の民が――否、世界の人間が『魔王雷』を知る事になる日。無論、王都の全市民が、自分たちに今すぐ危険が及ぶなどと考えもしていなかった日。

婚約者はタレーアの成人に際して、進む道を問うた。これからの時代、学者の妻というのも悪くはない。望むのであれば互いの親は自分が説得しよう、と彼は告げた。

最初から無いものとしていた道が突如《とつじょ》開けて、タレーアは戸惑った。女の身で学問など、選んで良いものなのか。貴族の妻としての未来があるのだと、疑いもせず人生を送ってきた。

自分の将来に、選択の自由があるなど、思ってもみなかった。

それでも。知を求めながら、出来る事を増やしながら生きる道は、彼女には魅力的に映った。

結果——決められていた人生のレールから足を踏み出す決断を、タレーアはした。

婚約者は頷《うなず》き、ならば大学の近くにひとつ別宅でも欲しいところだ、と土地を見に行った。

自身の決断が未来を開いた、と彼女は感じた。

そして。飛来した魔王雷により、優しき婚約者は跡形も無く消し飛んだ。

罰だ、と思った。

彼女を裁いたかのような雷の日から、タレーアは部屋に閉じこもり続けた。

自らの浅はかな、身の程を考えぬ選択が婚約者を殺したのだと自責して。考える事をやめ、ただひたすら、集めた本の中へ逃避して自分へ知を詰め込み続けた。

その知識を、吐き出す先は無い。如何《いか》に知識を詰め込もうが、浅はかな人間の決断は悲劇を生む。ひたすらに詰め込んだ歴史も、そう物語っているように彼女には見えた。

タレーアはやがて、世間に『未亡の隠者』と囁《ささや》かれた。

二年の後。タレーアが二十歳となった時。そこへやってきたのが、ポロニアであった。

「雷と共に学舎から消えし博物の碩学《せきがく》よ！」

その日の言葉を、彼女はありありと思い出せる。才気煥発《さいきかんぱつ》との噂《うわさ》高き王子はこう宣《のたま》った。

「悔やむは構わぬ。悲しむも自由。自棄《やけ》も許そう。考えたくなくばそれも良し。その知のみを余は引き受けよう。汝《なんじ》の責もまた余が全て引き受ける。是非は余が定めよう。

我が隣でその知を吐き出し続けよ。余の望むまま」

タレーアは目を開いた。あの日から、彼女はポロニアに縋《すが》り付いてどうにか立っている。

(判断は、その是非は、その責は。隣に座す御方のものだ)

それが高き場にある者の責務でもある。タレーアは自分へとそう言い聞かせる。

(私は彼の持つ、ただ一冊の書となれば良い)

今、ポロニアの一団は東の前線、その王国側へと到達しつつある。

前線の王国兵が敬礼を返す。ポロニアが率いる三百が援軍に行く事は、予《あらかじ》め伝えられている。誰何《すいか》のひとつも無く、彼らは王国軍陣の高台へ通される。

万の軍勢が相対する場だ。三百という数は戦力上ではそこまでの意味は無い。

「殿下に来ていただいたぞ」「何と有難《ありがた》き」「これで士気は天井知らずだ」

しかし、王子の身でありながら軍事の才覚優れ、前線近い基地司令の任にあるポロニアの人気は兵の間で高い。

「あれは……本当に来たんですね」

今はこの前線の中央にいる勇者アリオスも、嬉しさと仕方ないな、という思いを半々にした笑顔でそれを迎えた。

「戦闘には出ないでくださいよ、王子」

「心配をかけるな、友よ。分かっている。せいぜい旗の代わりでもさせてもらうさ」

窓からの友人の声にさらりとそう答えて下車したポロニアは、視線を眼下に布陣する魔王軍へと向けた。

（位置はここだ。後はアリオスが自陣を離れれば、止められる者はおらぬ）

彼は拳に滲《にじ》む汗に気付く。

（連合軍全ての行動を変える一打。流石《さすが》に緊張があるか——しかし）

やらねばならない。ポロニアは基地司令に就任する前に、王族の慰問として国内を巡った。

その先々で見た、疲弊《ひへい》し、飢え、大切なものを喪失《そうしつ》した民の光景を思い出せば。

（戦《いくさ》は終わらせねばならない。それも、可能な限り早く）

ポロニアはこの思いを新たにする。

長引けば長引くほど、兵と民は疲れ果てる。長い戦いの果てに仮に勝ちを得たとして、その時までに失われる、名も無き数多《あまた》の者たちは帰ってこない。

日は昇り、両軍が行動の気配を見せる。勇者もまた動き始める。

ポロニアたちの陣は動く事無く、その衝突一手前の空気を眺めていた。機だ。

「バルンダル。準備を。我が兵たちは周囲を固めよ」

「……はっ」

タレーアが設《しつら》えられた台の上に立つ。その手に持つのは『天墜《お》とす瞳』だ。

すう、と彼女はひとつ息を吸う。あの日の——試射実験の失敗を思い出す。

（カリアさん……私は）

それが最後の個人としての思考だった。呼びかけがどこへ行くかを自分ですら理解せず、タレーアはポロニアの書としての機能に集中する。

魔力を注ぐ。魔導書が光を発し、彼女を全能の知覚が包んだ——。


「あの光は！」

「魔導書だ！　クッソ思ったより早えーな王子！」

王国軍の布陣を大きく南に回り込んで東へ向かう騎影がある。それは無論、カリアとラードルフだ。

（気付かれずに回り込むのに結構時間食った……！　このままじゃ間に合わない……なら！）

カリアは胸元から魔導書『宇内《うだい》無限なり』を取り出す。

「ラードルフ、無茶なお願いをするけども——」

「言え！」返るは即答だ。「今に限った事では無いだろうが！　今更躊躇《ためら》うな！」

にやり、とカリアの口端が凶悪に上向いた。

「魔王軍と王国軍の中間点！　光と魔王軍中央を結ぶ線上！　走りながら魔導書起動する！」

「応ッ！」

が、と人馬《ケンタウロス》の脚力が全開になる。同時、カリアの手元からも漆黒の光が発せられた。

ぐわ、とカリアの知覚が拡大する。魔導書の大魔力と繋《つな》がる事により付随する、使用者の拡張意識だ。

『**アルラストンユニヴァ**《宇内、無限なり。》 **メルアシャルテデングラ**《ここよりは天の外――》』

起動文を唱えながら、カリアはラードルフの腰から手を離し、上半身を上げる。太股《ふともも》と腰による騎乗の感覚だけで、鞍《くら》も無く全速の人馬に跨《またが》っている。

(この女――)

そのバランス感覚にラードルフは驚嘆する。熟練の騎兵すら、こうはいかない。

当然、騎手でもない常のカリアにこんな真似《まね》は不可能だ。

これは彼女の拡大した知覚と、複数回にわたる魔導書発動による慣れが生み出すものだ。

カリアの現在の知覚は、自身の身体均衡《きんこう》・筋力配分・馬上における揺れの先読みにも及ぶ。

それによって、彼女は疾駆《しっく》する人馬の上でありながら、『天墜《お》とす瞳』の光に相対し、『宇内《うだい》無限なり』の発動を維持出来ている。

「構わないから飛ばしてッ!」

速度が上がる。

戦場の、両軍の真ん中へと走り来る、黒い光を放つ騎兵。

「なんだ、あれは」「人馬では無いか!? 先走りか?」

それは無論、人間と魔族両方の目に入る。

◇

「これは。白い光はポロニア殿下の陣！」

アリオスは、魔王軍左翼へ駆ける足を止める。帝国第十一前線基地の戦いを経験した彼にもまた、この黒白の光が魔導書によるものと理解出来る。

（ならば、あの黒い方は）

視覚に魔力を集める。ラードルフに乗るカリアを見る。

「んんん？　え？　――――ははっ」

あんまりにあんまりな光景に一瞬呆気《あっけ》に取られ、次いで笑いが漏《も》れた。去来する思いは、

「何してんだろうあの人」

である。世界広しとはいえ、勇者にこのような啞然《あぜん》を抱かせる人物はそういない。

「あーもう！　ほんと面白いなカリアさんは！」

混乱を笑いで押し隠して、勇者は駆け出す方向を変える。

向かうのはポロニアの陣だ。何故《なぜ》なら、

（司書さんの事だから、脅《おど》されてるとかでは無いな。なら、あれは彼女の意志だ）

つまり、相対する側。ポロニアたちに問題がある。

◇

『其《そ》は天衝き天測る鏡』

『デングラカリスタ《地の理は外れよ》　シャルグラパリスト《法は退け》』


タレーアの頭上に巨大な魔法陣が咲く。

カリアの頭上が扉の如《ごと》く、闇《やみ》を開いた。

◇

そして。魔王軍の陣深くにいるグテンヴェルは、唖然《あぜん》とした顔でその光景を見ている。

（いずれも魔導書の光……！　何がどうなっている！）

口を手で塞《ふさ》ぐその心中は嵐の如くだ。彼はその威力を間近で見た数少ない魔族だ。

（黒い光の方――人馬かあれは！　魔導書奪取に向かって破れた人馬族部隊がいたという話……成功していたのか!?　王国軍の情報統制で分からなかったのか？）

そして人馬のそれとは逆に、魔王軍へと向けられた白い光。あの膨大《ぼうだい》な魔力が、破壊の力として放たれれば。

（万の兵が全滅する。この戦線は崩壊する。何故《なぜ》だ、王国軍は協定を破棄するつもりか!?　どうなっているカリア＝アレクサンドル！　何考えているんだ人間は！）

魔法協定を提唱した人間の知己を罵《ののし》る。よもや、一方の黒い光がその本人であるとは想像もつかぬグテンヴェルだ。

魔導書と魔王雷の応酬。来たる最悪の未来を想像しながら、彼はどうにか被害を抑えるために動き出す。

「全軍に通達！　敵の新兵器の可能性がある！　迂闊《うかつ》に出るな！」

◇

グテンヴェルですら理解の外の状況。それを理解する者は、カリアの他にふたり。

「アレクサンドルか……！」

（カリアさん――！）

ポロニアと、同じく拡大した知覚の中にいるタレーア。

特にタレーアには、カリアの表情に至るまで見えている。

（本当に来た……私たちを、止めに！）

それも、捕虜とした魔族に乗って、だ。

あまりにも無法、理解の外。

ここに至って、タレーアはカリアに惹《ひ》かれる理由を理解する。

『遠き見透《みすか》すその眼こそ　彼方《かなた》貫く槍《やり》と知れ』
『アルレーネクロントス《虚は果てなき》　ドンセムペルフェントパス《その裡光すら呑む》』

タレーアの魔法陣から、巨大な砲身が伸びる。

カリアの扉から、ここではないどこかが見える。

（カリアさん、貴女《あなた》はどうして、そんな風に在れる。己が行いの結果が怖くないのですか）

ただ己が意志と矜持《きょうじ》で立って、それに反する現実に向けて吼え猛《ほたけ》り、牙《きば》を立てる。

知りたい、というタレーアの意志が首をもたげる。

（教えてください。貴女にとって、私はどう見えていますか）

タレーアは無制限に広がる知覚を選別し、カリアに意志を向ける。

（教えてください。私は間違っていますか！）

彼女が見たカリアは。それを分かっていたように笑った。そして、拡大知覚者同士、タレーアだけが読み取れるように唇を動かした。

「後で説教だ。撃ってこい」

「――――――ッ!」

タレーアの胸に自身でも分からぬ感情が湧き上がる。魔導書を持つ手に力がこもる。


『光満ちよ　鏡の瞳よ　すばらしくして世界を見よ』

『アルラストユニヴァ《宇内は無限》　クアルンカンデラック《上も下も左右も無し》　アーオーラシャルテデングラ《あまねく全て天の外》』


タレーアの頭上の砲身が、さらに先鋭化する。それは試射実験では到達出来なかった段階だ。

カリアの上で広がる平面の闇《やみ》を覗《のぞ》かせる扉が、いよいよ全開となって闇を見せる。

「なんだ……あれは」

漏《も》れ聞こえたそれは、誰の呟《つぶや》きだったか。

王国兵も魔族兵も、揃《そろ》って事態の行く先を見守る他無い。


走る。ラードルフはただ走る。

魔族である彼には、自分の背に膨大《ぼうだい》な魔力が感じ取れる。魔導書の力だ。

(カリア=アレクサンドル。忌《い》まわしき力を甦《よみがえ》らせた女)

それなのに、今彼はその女を背に乗せて、その忌物を使わせていた。その奇妙を思う。走りながら、魔王軍から漂う疑問と戸惑いの意志を感じ取る。当然だ。自分とて何故《なぜ》こうなったか未《いま》だに不思議なのだから。

それでもだ。

基地へと攻め込んだあの日。カリアは魔導書を守るため己が身ひとつで彼へと立ち向かった。

(頭のタガが外れた女には違いない。違いないが——)

ラードルフは目的地に到着する。ががっ！　と蹄《ひづめ》が砂と石を蹴り飛ばして停止する。

今、ラードルフとカリアは共にあり、魔族と人類、その境にあり、

「やれっ！　アレクサンドル！」

背のカリアが巻物型の魔導書をさらに開く。それは既に彼女の手を離れ、己が魔力により宙に浮いて読者——カリアの周囲に展開する。

『代償に　滅びよ在れ　其《そ》の瞳が見たのだから！』

『チャルアルレーネ！《其は無限！》　アーオーラトパスドンセム　クアルト！《全て裡へと呑み込んで在れ！》』

詠唱が終わる。魔導書の光は極大に達し、それぞれの頭上に現れたモノが魔力を迸《ほとばし》らせる。

ポロニアは、相対する黒い極光を睨《にら》む。黒い魔導書を持つ司書を睨む。

(アレクサンドル。やはり汝《なんじ》か)

明らかに己の目論見《もくろみ》を砕くために来たその女に、彼は愉快の笑みを抑えきれない。

可能性は限りなく低かった。それでも、何か予感めいたものは常にポロニアの中にあった。

足は奪った。拘束の兵も送った。魔導書の確保も行い、万一のために捕虜の始末も命じた。

念を入れて迎撃の兵も多重に配置した。それを。

(全て——抜け来たるか!)

それは最早《もはや》、運の一言では片付くまい。

カリアの独力ではあり得ない。ラードルフの助力があってもまだ足りない。

つまりは、協定を続けようとする者たちの意志。それが、カリア=アレクサンドルをここまで送ったモノの正体だ。

「我が思想と汝の理想。協定破る段にて相対するは必然か、アレクサンドル——」

ならば砕く。彼は手を上げる。この場全てを知覚するタレーアがそれに気付き、わずかな戸惑いを含んだ視線を向ける。

「躊躇《ためら》うなバルンダル。命は余が下し、責は我に有る」

その指先が、カリアへ向けて振り下ろされる。

「——撃ち貫《ぬ》け。奴諸共《やつもろとも》に!」

ポロニアこそが魔導書の行使者であるが如《ごと》く。『天墜《お》とす瞳』の光が、全て砲身へと吸い込まれた。

（カリアさん……っ！）

タレーアは魔導書と繋《つな》がった己が内の、最後のスイッチを押す。溜《た》めきって留《とど》め続けた、光芒《こうぼう》を解き放つ。

直後。迸《ほとばし》る。

竜の咆哮《ほうこう》の如き轟音《ごうおん》が発せられた。砲身より噴き出した光の奔流は、即座に音速を幾乗も突破。大気を、薄い世界魔力を焼き尽くしながら世界を裂く。

余波だけで空間が割れんばかりの魔力振動。ここまでの魔力放出に耐えられる金属は、人類の作り出せる範囲には存在せず、それは魔導書が作られた時代においても同様だった。それゆえ、この魔導書は砲身自体も魔力で作るのだ。

『天墜とす瞳』を翻訳《ほんやく》し、繋がったタレーアは知っている。

――それは、本来天上を行く竜族を墜とすための魔法だ。

例えば。空を、地を、時を凍らせて全てを停《と》める純白の氷竜。

遙《はる》か高空を飛ぶ竜を。

配下たる数百の飛竜の群を。

魔力奔《はし》らせ、物理的な力では傷一つ付かぬ竜鱗《りゅうりん》を。

それら全て、撃ち貫き墜《お》とすための魔力仮想大砲台。

天の支配者を墜とす魔法。


(来たぁ！　良い修復だほぼ完璧に魔力出てる！)

対して。カリアもまた拡大し、加速した知覚の中で魔導書の記述を全て開放する。

『天墜とす瞳』の光線上に。漆黒の闇《やみ》に宝石を鏤《ちりば》めた光景が広がった。

彼女には、魔王軍の側からの「なんだ?」「何が起きてる?」という戸惑いの言葉も聞こえている。朝の景色に突如《とつじょ》夜空が現れたようなものだ。

『宇内《うだい》無限なり』を修復し、翻訳《ほんやく》し、繋《つな》がるカリアは知っている。

――これは、天の外を観測する魔法だ。空の果て、一部の竜しか到達出来ぬ天涯の向こう。

空に輝く女神を求めて、信仰者が祈りながら書いた書だ。

永遠の夜が支配し、その広がりの中では世界すら一つの煌《きら》めく点となる。

星空の世界。

無限の空漠がそこにある。

其所《そこ》では光すらもただ行き過ぎるのみ。

仮に敵軍直下へ展開すれば大地ごと万を飲み込もう。

宙の深淵《しんえん》にただ繋がるための魔法。

堕天《だてん》せしめる光が黒の天外へと殺到する。

本来ならば、『天墜とす瞳』の余波だけでカリアとラードルフは消し飛んでいただろう。しかし『宇内無限なり』へと近付いた光芒《こうぼう》が、一瞬の拮抗《きっこう》ののち、ぐにゃりと歪《ゆが》む。

「光が……曲がるだと!?」

背後からその光景を見ていたグテンヴェルが、戦慄《せんりつ》から驚愕《きょうがく》にその表情を変える。彼の目には、その空間の下にいる人馬《ケンタウロス》に乗った女軍人の姿も見えている。

（まさか、奴《やつ》はカリア＝アレクサンドルか!?　どうなっている、一体！）

余りの光景に目を疑ったのは彼だけではない。その場にいた人間、魔族全てがこの異様な状況に視線を注がされていた。誰の理解も、追い付かない。

「ここじゃ無い何処《どこ》かへ。気の遠くなるような遠い空の向こう。まだ人類じゃ竜に阻まれて探索も出来てない、宇宙って大昔の学者が名付けた場所の果て」

ただひとり。カリア＝アレクサンドルを除いては。

「そこに。魔導書の光は、誰も殺さずに消える」

宣言する。

巻物と同じ形状――薄い帯状に広がる『宇内無限なり《うだい》』が開いた空間は、高度な空間歪曲《わいきょく》によるものだ。激光はうねる大蛇のように、暗闇の空間を横へ、縦へ、回転して駆け抜ける。

そして。宙に開いた闇の彼方《かなた》へと、光は走り抜けていく。

「――止まった？　い、いや！　消えた、のか？」

それは誰の言葉だったか。誰でも良い。その場にいる者たちの思いは概《おおむ》ね、それだ。

王国軍の上方に現れた『天墜《お》とす瞳』の魔力砲身には、既に光は無い。全ての魔力を放出しきっていた。

同じく光を失い、徐々にその空間を閉じていく『宇内無限なり』本体の各所が、びしりぱしりと音を立てて、破れたり装具を弾《はじ》けさせたりする様を、カリアは傷ましそうに見る。

しゃらら、と巻き取ってぱしりと摑《つか》む。彼女の仕事は終わりだ。そして、

「殿下っ……」

ポロニアの部隊がいる丘。魔導書使用の消耗激しいタレーアが、這《は》いつくばって主を呼ぶ。

「動かれませんように。既に部隊は包囲されています」

「で、あろうな」

勇者アリオスが。その切っ先をポロニアへ向けていた。彼だけは、魔導書の激突の最中でも動いていたのだった。

そして。彼はその魔力で強化出来る超人的な視力で、王国軍と魔王軍の狭間《はざま》にいる一人と一体を見る。

正確に言えば、カリアが必死になって繰り返している唇の動きを読む。

『ごまかせ』『でっちあげろ』

アリオスは、ポロニアの目的、先ほどの出来事の意味、魔法協定の行方を素早く頭の中で考えて——

(貴女《あなた》に沿うのが一番面倒なさそうですね)

結局、カリアのスタンスから全てを判断した。息を吸い、魔力強化された声帯で叫ぶ。

「見たか魔王軍よ！　これぞ王国が持つ魔導書の力である！」

戦場に響く大音声《だいおんじょう》だ。これが戦闘中であればそうも行かなかっただろうが、今は戦闘前の布陣の状態であった。声は魔王軍へ響く。

「王国は既に複数の魔導書運用が可能である！　ゆめ、先日が如《ごと》き迂闊《うかつ》な真似《まね》はせぬ事だ！」

◇

魔王軍陣営。

グテンヴェルは、この前線を預かる幹部の幕下で勇者の声を聞く。

「今の王国軍の行動について推察を述べられるか。グテンヴェル殿」

四本腕を持つ上級魔族の幹部——阿修羅《アースラー》族の将軍に聞かれて、グテンヴェルは頷《うなず》く。

「おそらくは、敵軍の魔導書の運用実験、そして示威行動でありましょう」

おお、とかぬう、などと言う声が、居並ぶ隊長級の魔族たちから漏《も》れる。

「帝国に続き、王国もまた魔導書を持っている。それも、運用実験で二冊を消費しても問題無いほどに。それを示す作戦でしょう」

実際は違うが、先の光景を見た魔王軍はそう判断する。

「魔法協定の有効性を力で主張したという事か」

将軍は頷くが、数体の隊長級魔族が怒りの声を上げる。

「しかし人間共、余りに挑発が過ぎる」「そうだ！　あのような真似《まね》をされて——」

「あれは報復でもある」

グテンヴェルは彼らに向けて強く言い切る。

「勇者の言、先日の魔導書奪取作戦の事を申しているのでしょう。その報復としての前線実験です。捕虜としたと見られる人馬族の戦士を参加させている事からもこれは明らか」

言いながら、彼は視線を、魔導書奪取作戦に賛同の意を示したであろう者らへと向けた。不満げながら、グテンヴェルへの抗弁はなかった。

「向こうも協定は維持したい、しかし抗議の意志は示したい。そういったところでしょう」

「ふむ。分かった。卓見、感謝するグテンヴェル殿」

将軍は頷き、席上の魔族を見回した。

「魔導書の魔力を見た兵卒の士気が落ちていると各部隊から報告が出ている。一旦退《ひ》くべきであろうな」

冷静な判断だった。長く睨《にら》み合いを続けて戦力自体も拮抗《きっこう》しており、向こうには勇者もいる。このまま会戦すれば痛手を被る可能性が大きい。

（はあ、推察に推察を重ねて胃が痛い……だがこれで協定は維持出来る……はずだ）

グテンヴェルは胃の辺りを押さえながら、早く自隊に帰りたい、と嘆息するのだった。

◇

魔王軍でそのような意見が交わされている頃。王国軍アルーダ基地。

「基地を掌握できんとは……」

司令室にて無念を呟《つぶや》くのはカメリー大天尉だ。兵舎における残兵の統制は、一部兵員の反抗と帝国士官の難色により、半分以下の数しか従わせられなかった。

「兵器庫の占拠《せんきょ》も半端になるとは。基地内で戦闘を起こす訳にも行かん」

結果、現在基地内はカメリーが指揮する王子派と、主に教会で様子見する部隊、そして帝国士官が煽《あお》った反王子派とも言うべき部隊に分かれている。

「不甲斐《ふがい》ない結果だ。しかし王子が事を成して戻ってこられれば、まだ戦える」

現状、彼らは司令部と幾つかの建物を占拠《せんきょ》し籠《こ》もっている状態だ。

「ペンテニス大天尉！　ケイアン盆地より電信です！　こ、これは……」

「見せろ！」

部下の声に、彼は勢い込んでそれを奪い取る。

『ポロニア王子の反乱は鎮圧。アルーダ基地は即座に武装解除し、査察を待たれたし』

……十数秒、彼は繰り返しそれを確認する。それは、カメリーの覚悟の時間でもあった。

「大天尉……」

「お前たちは殿下と我々に従ったに過ぎん。協定への政治的意図など何も知らん」

「は……はっ」

頷《うなず》いたカメリーは腰の拳銃を取り出し、上向きに下あごへあてる。

一発の銃声が響いた。

◇

ケイアン盆地。そこでも、ポロニアの部隊の拘束が行われつつあった。

「知らなかったんだ！」「我々は司令の増援に編成されただけで……」

口々に無実を主張する兵たちを、タレーアは車内から戸惑いの目で見回していた。

「み、皆は何を……」

魔導書──『天墜《お》とす瞳』も取り上げられた彼女は首謀者としてポロニアと共に、鍵を抜かれた車内に閉じ込められている。彼は王族故《ゆえ》に、拘束はされていない。

「バルンダル」

ポロニアが、傍《かたわ》らの側近へと言葉をかけた。

「汝《なんじ》もだ。側付《そばづ》きではあるが階級低きゆえ、汝は派閥の意図を知らされず、技能者として余の命に従っただけと主張せよ」

「殿下……？」

「命令である。汝の技術はこれからの王国に必要だ……ふむ、来たか」

外を見ながらそう言って、彼は車のドアに手をかけた。

「最後に詫《わ》びておく。余は汝を都合の良い道具として使うために、殊更に汝へ自身で考える事をさせてこなかった。恩義を盾にしてな」

「そんな、そんな事は」

ありません。そう言い切る事を半瞬躊躇《ためら》った。

「……以後は自身の意志と考えで生きよ。苦労だった」

「殿下!?　いけませんっ」

タレーアの制止を無視して、ポロニアは車外に出る。すぐに見張りが制止にやってくる。

「王子だからといってボディチェックも甘い。次からは注意せよ」

「──痛っ!?」

見張りの王国兵の伸ばされた腕から、血が舞った。

振り払った王子の手に、ナイフが握られている。軍服内の隠しポケットに入っていたものであった。

民。部下。友。タレーア。そして父王。様々な想いと共に、ポロニアはすうと息を吸った。

「ぬあああああああッ！　認められるかっ！」

戸惑いが周囲に伝播《でんぱ》する前に、ポロニアは突如《とつじょ》叫んで駆け出す。

い、い、目的の人物は陣地へと合流し、今まさに勇者が駆け寄ろうとしている、

「カリア＝アレクサンドルッ!!」

ポロニアは殊更に注意を引くように叫ぶ。この三か月、見慣れた長身のエプロン女が驚いたように彼を見た。

「貴様さえおらねば、我が野望は達せたものを！」

走りながら、ナイフを逆手に持ち替えて振りかぶる。そして、

（…………！）

一瞬だけ。少し離れたアリオスへと視線を配った。彼が目を見開くのを確認する。

後は、全力だ。士官学校時代、格闘訓練においても主席であったポロニアが、疾風の如《ごと》き踏み込みで驚愕《きょうがく》の表情をあらわすカリアへと迫る。

「誅《ちゅう》してくれるっ！」

だから、それは勇者を以《もっ》てしてもギリギリのタイミングになる。

剣を伸ばして、斬らねば間に合わない程に。タレーアの必死の叫びが場に響く。

「やめて――――っ‼」

無慈悲に。走り込んだアリオスの刃が、ポロニアの胴を致命的に深く薙《な》ぐ。

「…………よし」

血の塊と共にそう吐いて、ポロニアの体が地に伏せた。

「なに、を」

目の前で巻き起こった惨劇に、カリアの理解はまだ追い付かない。

不満そうなアリオスが無言で近付いて、繰り返し血を吐くポロニアを見下ろした。

「ご、ぶふっ、手間をかけたな……ぐ、親友《アリオス》」

乱心した王子の凶行。それは周囲全てに目撃された。

「そういう責任の取り方は、ずるいでしょう。ポロ」

アリオスの普段を知る者からすれば、珍しいほどに平坦《へいたん》な声だった。

「我が、心が狂をえた」

そういうことである。と言って、王子の息が止まる。そこで、ようやくカリアも理解した。

(……部下を、守るために)

基地司令、王子が突如《とつじょ》野心に支配され、増援を装い計画も知らせず魔導書の使用を強要。

軍隊において上官の命令は基本的に絶対だ。王国には魔導司書の権限も無い。それであれば、
タレーアも、部下たちも、首を切られる人間は相当に少なくなる。

無論、それは反協定派を根こそぎ検挙される事を防ぐ狙いもあるだろう。

(それに、したって……他になんか……なんか、あるだろ、ポロニア)

カリアの沈んだ理解を裏付けるように、声が聞こえてくる。

「嫌っ、いやぁっ！　殿下、ひぃぁあっ、殿下ぁっ！」

半狂乱のタレーアが涙と涎《よだれ》を散らし、取り押さえられながら絶叫する。

「でんかぁぁぁぁあああぁ…………っ」

エピローグ

図書の破損修復は司書の仕事です

数日後。ケイアン盆地前線における魔王軍は一時北進——実質的な撤退——を宣言。今回の戦いにおける両軍の捕虜交換が行われた。

連合軍と魔王軍で捕虜を取る事は少ないが、今回は連合軍に人馬《ケンタウロス》一体、魔王軍に下士官二名が存在し、彼らは交換で自軍へと戻された。

無論、連合軍の捕虜となっていた人馬とは、

「じゃあ、お別れだねラードルフ」

「ああ。もう会う事はあるまいが」

見送るカリアへ平坦《へいたん》にそう言って、ラードルフは移送用の荷台に乗る。

「ところでさ、あんた……何であの時逃げなかったの?」

カリアがこそっと問うのは、無論ポロニアを追撃した時の事だ。魔導書の激突のどさくさであれば、ラードルフは魔王軍へ合流出来たはずだ。

「……貴様との取引だっただろう、あれは」

「え」

眼鏡と同じくらい目を丸くするカリアに、ラードルフは嘆息する。

「私が足を貸す。貴様は魔導書を止める。そういう取引だ。捕虜から解放されるという条件は無かった。取引の行動に乗じて逃げるのでは、誉《ほまれ》を失う」

真顔で言い放つラードルフに、カリアは思わず噴き出した。

「……は、ぶははっ」

「何がおかしい」

「いや、ごめん、ぷふっ……。人馬《ケンタウロス》ってのは律儀だなあ。今後もし、図鑑に関わる事あったら書いとくよ」

「ふん。貴様等にどう思われようが知った事か」


そうして、ラードルフは魔王軍へと戻り、無事だった同胞との再会を喜んだ。

「……では、君は王国における魔導書の情報は分からぬ、と?」

「は。私は常に人間の狭苦しき牢《ろう》におり、あの時に解放され同行を求められたのみですので」

部隊に戻った後、グテンヴェルによる聴取において、ラードルフはそう答えた。

カリアとの会話を思い出せば、想像出来ることはある。しかし、彼はそれを伝える事を良しとしなかった。それが、ラードルフを現在の地位に留《とど》めてしまう性向なのだった。

「ふぅむ。他に何か無いか？　――例えば、君を現場に同行させた連合軍の士官について」

ラードルフは片眉を上げた。この灰人《グレイマン》の士官が彼を呼んだ本題はそれなのだ。

「奴《やつ》は魔導司書・カリア＝アレクサンドルだろう。何故《なぜ》奴は王国の戦場に？」

「招聘《しょうへい》されての指導教官をやっていた、と聞いております。連合諸国より集めた者共に、魔導書の運用を伝えると」

「技術の伝播《でんぱ》か。人間というものは、全く。……受け側を任されたはその技量ゆえか……？」

このくらいは良いか、とラードルフが伝えた言葉に、何故か彼は胃の辺りを苦い顔で擦《さす》っていた。

「……苦労したな。行って良い。しっかり体を休めるように」

気遣うように告げるグテンヴェルに感謝しつつ、ラードルフは臨時駐屯地の幕舎を出る。

「さて。明日からはまた別の戦場か」

彼ら人馬族《ケンタウロス》はその移動力ゆえ、転戦も多い。次は基地攻めか、はたまた街攻めとなるか。

「図鑑、か……。ならばその時は、人間共の書店や図書館でも略奪してみるか」

そんな、（人間にとっては）はた迷惑な目論見《もくろみ》を胸に、ラードルフは明日も戦場を駆ける。

◇

「うう、ポリュムありがと～！」

「ありがとうございます〜！」

「暑苦しい。離しなさい」

カリアとエルトラスに前後から抱き付かれたポリュムが、迷惑そうに呟《つぶや》いた。

事が終わったアルーダ基地では、決起が失敗に終わった反協定派の兵たちは武装解除され、緊張状態は解かれた。

彼らを押さえていたポリュムとエルトラスら帝国組、そして反協定派に抵抗した王国兵たちは、今は通常業務に戻っている。

「流石《さすが》に、今回の事で一般の兵らが罰される事は無いでしょう」

カリアに同行してやってきたアリオスが微笑《ほほえ》ましそうに三人を見た。

「基地司令に反抗した形ではありますが、司令の行動自体が王国の方針に反するものです」

ポリュムらの証言もあれば、命令違反には問われない。

「そうかしらね。まあ、貴女《あなた》は分からないけれど……」

「うぐ」

解放されたポリュムが半眼をカリアへ向ける。彼女は何せ、やった事がやった事だ。問題視される可能性は大いにある。

「あ、あわわ。カリアさん大丈夫ですか……？　ってわたしも他人事《ひとごと》じゃないですよねえ〜」

半泣きになるエルトラスに、アリオスは肩をすくめる。

「状況が状況でした。もちろん司書さんたちの立場が悪くならないよう、僕も証言させていただきますよ」

「あ、ありがとうございます～！」

「勇者殿。現場でもこの女が迷惑をかけたと聞きましたが」

「いたたたた。ちょっとひどくない？」

カリアの耳を引っ張るポリュムに、アリオスは貴公子然として微笑んだ。

「いえ。旧友の馬鹿を止めていただいたんです。礼を言っても迷惑など」

「…………」

それを見ていたカリアが、はあと嘆息して後頭部をわしゃわしゃ掻《か》いた。

「アリオス、ちょい口裏合わせしときたいから付き合え。ごめんねふたりとも、また夜に」

がし、と首に腕を回して、図書館へと歩いて行く。

「何です？　大体の事情はここに来るまでに聞いてますけど」

「——うるさい。何笑ってんのあんた」

ポリュムたちへ完璧な笑顔を見せる勇者が、カリアはムカついた。それだけだった。

「…………」

（黙るなよクソッタレ）

アリオスの頭を腕に抱えたまま、憤然としながらカリアは図書館の裏口を開け、司書準備室へと入る。ばたんとドアを閉め、鍵。間違っても人に見せる訳にはいかない。

アリオスを椅子に座らせて、カリアはその前に立った。

「ほら」

わずかに頬を赤くして、両腕を広げる。アリオスが戸惑った視線を向けた。

「えーと。これは……」

「うっさい。要らないならもう止《や》めるぞ」

ぶっきらぼうな言葉に、アリオスは少しだけ躊躇《ためら》って——そして、目の前のカリアの胸へ頭を預けた。カリアはしばらくそうして、勇者と呼ばれている若者の言葉を待つ。

「……子供の頃はポロって呼んでて」

「うん」

アリオスの後頭部を腕で包んで、カリアは彼のつむじを眺めている。

「僕は、昔からこんなだったので。王様が、同じ歳の王子がいると」

「——そっか」

「ポロは昔からあれこれ優秀だったんですけど。それにしたって力じゃ僕に勝てる訳が無いのに、悔しいのか何度も突っ掛かってきましたね。全部勝ちましたが」

「お前王子相手なんだから少しは手加減しろよ……」

ぽつぽつと話すアリオスの声は平坦《へいたん》で、抱く頭からは震えひとつ無かった。

「口癖がね。『汝《なんじ》も余の守る王国の民だ』でしたよ。それに殺されてどうするんだか」

「……そうだね」

だがその平坦さが、この勇者には普段あり得ないものだと、カリアには分かっていた。

「友達が、一人減りました」

分かっていたので、そのまま抱いていた。

◇

王都エイアルド、王城。

執務室で国王エンドルアは目を閉じたまま、天井を向いている。

「随分参っておられますね？　我が王。まあ無理もありませんケド」

「ポロニアが派閥の首魁《しゅかい》となっていたとは我々も予想すら出来ておらなんだ。ミッターノを責められはせん」

「殿下もねえ。見識と能力が高いというのも困りものですね、ほんと」

ひょいひょいと、王の机の周りで道化が跳ねている。

「勇者《アリオス》や帝国の魔導司書もまた責める訳にはいかん。彼らはするべき事をした」

「そうですねえ。むしろ助けてもらったワケで」

顔を正面に戻して、エンドルアはぽつりとこぼした。

「……道化。お前しかおらんから言うが」

「はい」

「だから腹が立つ。気に入らん。ムカつく」

「でしょ～おね」

ご、と机に王の拳が落ちる。二度、三度。さらに幾度も。

「ポロニアの死に関わった者に！　怒りにまかせて処罰出来る輩《やから》がおらん！　くそ、くそっ！」

剛力に、びしりと机にヒビが入る。

「馬鹿者が。馬鹿息子が」

そうして賢王は、深く息を吐いた。道化が肩をすくめる。

「お察ししますよん。何が出来る訳でもないですけれど。未婚なので」

「知っておるわ」

これからエンドルアは、魔法協定への賛同主張のために、各所で息子を批難するような言葉を、繰り返し吐かねばならない。その上で、仇《かたき》と憎める相手はいない。

「殿下の最期では、派閥探しを激しくするにも、ね～」

「おそらく王宮内にもいる派閥の上級貴族を探すには、口実が足りん。足りんが」

王の眼光が鋭く王城を貫き、王都議事堂の方へと向いた。

「余の在位中に必ず炙《あぶ》り出して処断する。それまで引退は止《や》めだ」

あらあら、と。道化は自身の主を見る目を少し細めた。

（殿下の死が、少しは良い方向に転がりましたかね？　これ言ったら流石《さすが》にライン越えで処されそうなんで口チャック、口チャック）

◇

「バルンダル小天尉。貴官はあくまでポロニア殿下……前司令により魔導書使用を強要された立場であり、反協定的意志は無かった。間違いありませんか？」

アルーダ基地、司令部。営倉から出されたタレーアへ、査問官が確認するように告げた。

「、それは――」

思わず反論しようとして、タレーアはそれすら、自身には資格が無いと、今更気付いた。

（だって、私は自分で何も決めなかった）

同じ従うにしても、ポロニアの意志に共感し従うか、拒否した上で命令として従わされたのか。そのどちらかでさえ、タレーアは選ばなかった。

ただ、ポロニアに全て預けただけだ。

ポロニアは自身がタレーアをそう仕向けたと言ったが、

（違う。私がそれを良しとしていたんだ。あの日から、ただ決断から逃げて、委《ゆだ》ねきって……）

その結果、今度は主を失った。そうタレーアには思えてならない。

「バルンダル小天尉？　何か意見がありますか？」

「――いいえ」

絞り出した返事に、査問官は頷《うなず》く。

「資料からも貴女《あなた》の積極関与を示す物証や証言はありません。翌週より通常任務に戻っていただいて構いません。……とはいえ、貴女は実質前司令の側付《そばづ》きでしたから、新たな辞令が下りる事となるでしょうが」

「………………」

無罪。喜ぶべきその事が、今のタレーアには重く感じられた。

「――貴女の酌量については、帝国のカリア＝アレクサンドル女史からも嘆願が出ていましてね。貴女の技術は貴重だから、と」

「え……」

顔を上げた。あの日以来、会う事も謝罪する事も無いまま帝国へと帰国した女性の顔が思い浮かぶ。

あの出来事を経ても、タレーアのカリアに対する敬意が減じる事は無かった。むしろ、あの状況からポロニアを止めに来る行動力と決断力。

それは、タレーアには存在しない。それが、今回の件でよく分かった。

（カリアさん。私は、貴女に期待されるような――）

反協定派残党からの接触も、彼女には無かった。切り捨てられたのだろう、と納得する。

（軍を、辞めよう）基地を歩きながら、ぼんやりと思う。（私が士官だなんて、他の兵にも迷惑だ。また実家に帰って、人に迷惑をかけないように、ずっと……）

後ろ向きな思考をして歩く内、タレーアは自分にかかる影に気付いた。顔を上げる。

「図書、館……」

いつの間にか、ここ数か月の仕事場へと歩いてきていた。

（なんて、無様。今の私には、ここに来る資格なんて）

自嘲《じちょう》の笑みが浮かんだ、その時。

「んなもんいらねえって」

聞こえた言葉が、いかにも知った人間の言いそうなもので、思わずタレーアは振り向く。

「ここのは料金とかいらねえんだって」

そこにいたのは、二人連れの王国兵だ。

ケイアン盆地の魔王軍が退《ひ》いた事で、一旦布陣していた王国軍も一部を残して元々の基地に戻ったり、別戦地に振り分けられたりしている。

新たな任地が決まるまでアルーダ基地で待機、となっている部隊もある。連れられている一人はそういう立場であった。

「んで俺ら平民でも使っていいの。基地図書館の指導に来てた司書さんがそうしたってよ」

「へえ、すごいなそりゃ」

 やや実際とは違った聞きかじりの知識——無料を決めたのはポロニアだ——を、新入りへ教えて得意がっている王国兵。

「…………」

何故《なぜ》か。タレーアはふらりと彼らに続いて図書館の扉をくぐった。

ぶわ、と。人いきれ、各所の囁《ささや》き、カウンターでの本を貸し借りする声。

それら、夕の大休止における図書館の空気とでも言うべきものが、タレーアの顔を打った。

(あ、そうか。新しい人たちが来てるから、忙しいんだ)

ふと、当たり前にそんな事を思う。そこへ、声がかかった。

「バルンダル小天尉！」

聞き覚えのある声に顔を向ければ、カウンターへ居並ぶ利用者にてんてこ舞いになっているテルモの姿だ。

「細かい事は後にして、すいませんが手伝ってもらえませんか⁉」

「えっ？」

「見ての通り利用者さん溜《た》まっちゃってるんですよ！　お願いします！」

「あ……りょ、了解した」

テルモの剣幕に流されるようにして、タレーアはカウンターに立った。

カリアに叩《たた》き込まれた図書館員としての所作は、体が覚えていた。

二列になった利用者が徐々にその数を減らしていき、やがて大休止終了の鐘が鳴る。

ふう、とふたり揃《そろ》って息を吐いて、テルモはタレーアに向き直った。

「ありがとうございます、バルンダル小天尉。カリアさんたちも帰って一人になってしまって。大変だったんですよ」

「あ、いや私、は……」

タレーアは戸惑うしかない。彼女にしてみれば、テルモも裏切ってしまった一人だ。それに、同じ図書係であったミッターノは、ポロニアにより殺害されている。

「……小天尉は司令の計画を知らされていなかったと聞きました。であれば、ミッターノさんの事は致し方ない事です」

「それは、でも」

仕事仲間であった者の命に対しても、はっきりと肯定も否定も返せない自分に、タレーアは心から落胆する。これが士官などと。

そんな彼女を見て、テルモは静かに微笑《ほほえ》んだ。

「私は業務がありますので、行かねばなりません。事務室に、自分の階級では処理出来ぬ書類が溜まっておりまして。小天尉、申し訳ないですが」

「……分かっ、た」

テルモを見送り、タレーアは事務室へと入る。無心で出来る作業は、今は有難《ありがた》くもあった。

嵩《かさ》を積んでいた書類を片付ければ、

(最後の一枚は……メモ?)

ぴらり、と持ち上げたその紙切れを開けば、短い文章が躍っていた。

『忘れ物があるだろ』

そう書かれていただけだ。謎かけのような内容に、タレーアは首を傾《かし》げて、

「忘れ、もの……あ」

ふと、声が漏《も》れた。何故《なぜ》無意識に図書館へ足が向いたのか、分かった気がした。

鍵を持ち、小走りに書庫へ移動して、金庫を開ける。そこには、

「『天墜《お》とす瞳』……」

あの日、タレーアが使い、破損した魔導書。

王国兵に没収されたそれを、カリアが使用後の調査修復のためと主張して『宇内《うだい》無限なり』と共に回収していたものだ。全開使用によって再び破損し、魔導書としての機能を完全に失っている事もあり、事後処理に紛れて未《いま》だそのままになっている。

「メモが、もう一枚」

タレーアは魔導書の上に置いてある紙を見る。先ほどのメモと同じ筆跡。

『自分で使って壊したんだから、ちゃんと直しとく事!　これが最後の実習ね!』

「…………………！」

誰の書き置きか。そんなものは、推測するまでも無い。『天墜とす瞳』を抱いて、タレーアはその場に膝を突いた。

（ああ、そうだ。カリアさんに言われたからじゃない）

タレーアは無意識に基地図書館へやって来た。自分が気になっていた事の正体だ。自分がやらねばと、自分の意志で思える事だ。

ぼろぼろと、零《こぼ》れるものがある。

「はい……はい……っ、カリア、さん……！」

◇

そうして、諸々《もろもろ》の処理が終わったのが事件からひと月後。

カリアは帝国皇都、奏麗殿《そうれいでん》のソファにて再び溶けている。

「王国兵を複数名無力化、王国アルーダ基地の反抗を煽《あお》り、魔族の捕虜を逃がし、共に王国所有魔導書を一つ奪取して友軍を追跡・突破、さらに無断使用……」

半笑いで、帝国皇女クレーオスターは目の前の査問帰りの魔導司書を見た。

「いやあ……ちょっと思わず笑ってしまうくらい最悪ですわね。貴女《あなた》、もしかして魔王軍の破壊工作員だったりしますの？」

「ちーがーいーまーすー！　ちーがーうーんーでーすー！」

カリアはじたばたと手足を振り回す。

無論、先ほどクレーオスターが言ったあれこれは様々な詭弁《きべん》により塗布され、公にはなっていない。というか、なっていたらカリアは今頃確実に絞首台だ。

「だって他にどーすりゃ良かったんですか！　あれ放っといたら協定が破棄されちゃいますもん！　仕方なかったもん！」

眼鏡からあふれるほど涙ながらにもんもん訴える最悪軍人（成人女性）。

カリアの行動は、連合軍内の表向きにはこうだ。

『アルーダ基地司令・ポロニア＝ア＝エアンヘアールの反協定的思想と王国への造反計画を偶然入手した、同基地出向中の帝国特務千剣長アレクサンドルは、魔導司書としての権限を限定使用し、基地内の協力を取り付けその阻止に奔走した』

両国間で幾つかの査問は必要となったが、概《おおむ》ね『正直やり過ぎではあるけど、やむを得ない行動であった』と処理されている。

「王族からこのような者を出してしまったエンドルア王も、それが分かっているからこの穴だらけの報告書を認めたのでしょうけれど」

「悪い人では、無かったんですけどね。ポロニア司令も」

カリアは、彼がしてくれた出向中のあれこれの気遣いを覚えている。

「優秀ではあったのでしょう。私も何度かお会いしました。ただ、そうですね──」クレーオスターは思い出すように言葉を切った。「人々を信じる事が、彼には出来なかった」

その評価に、カリアは目を閉じて嘆息する。

「決め手を捨てて長引く戦争に民が耐えられないかも知れない。理屈は分かるんですよあたしも。でも、人間は」

魔王雷を封じ、近い内の破滅も消えた。戦いは続く。ならば、人はその時間で何かを──戦いを終わらせる何かを。

作り出せる、もしくは考え出せるかも知れない。

「そのためにだって、本はある。好かんですけどね」

「作った時間の中での我々を信じる。連合国はそう決めました。だから、反協定派の主張を認める訳には参りません」

その一助となるための、カリアの出向だった。そのはずだ。

「まっ、難しい事は置いといて」

ぱっ、と両掌《りょうてのひら》を上で開くカリアに、クレーオスターは軽く首を傾《かし》げた。

「本がちゃんと返せて、あたしは安心しましたよ」

◇

カリアが帰国の途につく、一日前。

彼女は、ワイアスの自宅内で床に土下座していた。

「あ、あの……」

以前も来訪した帝国貴族の女軍人が、徴発した本を返しに来たと再訪し、付き添いの兵に入るなと厳命してからの即土下座である。

なお土下座とは東国における最上位の謝罪体勢だ。ワイアスには意味が分からない。

「ほんっと――――に申し訳ない!!」

彼女の前には、箱に入った『宇内《うだい》無限なり』が入っている。全開使用により魔力を使い切り、再利用は不可能という事で返還の許可が出たのだ。

「いや、その、とりあえず立って……」

「使わせないと啖呵《たんか》を切ってのこの体《てい》たらく……。貴方《あなた》と御祖父様《おじいさま》にどうお詫《わ》びしていいか」

作戦後、後始末やら王国側の査問やらのあれこれに奔走し、帰国が迫るカリアでは十分な修復は不可能だった。最低限の補修のみ施《ほどこ》して、持ってきていた。

頑として頭を上げないカリアにワイアスは困り、箱の中の『宇内無限なり』を取り出した。

(これが、あのボロボロだった……)

ワイアスは何とか巻物の形を取っているそれに目を瞬《またた》かせる。自宅にあった時の破損状態はもっと酷《ひど》かった。今はどうにか読む事が出来る。

「顔を上げてください、アレクサンドルさん」

眼鏡がずれた半泣きカリアが顔だけ向けてくる。ワイアスは微笑《ほほえ》んだ。

「僕は、魔導書というものは凄《すご》い力を持っているという事だけしか知りません」

魔導書の力は解読しなければ分からないし、判明しても軍事機密だ。当然だった。それでも使われた、と聞いてワイアスは思う事がある。

「……だから、ひとつ聞かせてください」

「う、うん」

「祖父の本は、何かを守れましたか」

カリアの脳裏に、初めは東の前線の魔王軍が。次に魔王雷の光が去来する。

ミッターノたちが願った事。あの光に焼かれる民は、少なくとも今はいない。

そして、何より。

「――勿論《もちろん》。御祖父様の本、すっごい面白かったよ」

了

あとがき

ガガガ文庫読者の皆様には再びお目にかかりました、佐伯庸介《さえきようすけ》です。

今回二巻を書かせていただくにあたり、一巻の内容を続きの事など全く考えずに書いてしまってたもんですからどうしよっかなと思いましたが何とかなりました。

一巻において「戦場における本の効果」「魔導書という強大な力を司書が如何に使うか」をメインに書いたので、二巻では一巻で主人公・カリアが為《な》した事による変化と、それに相対した者たち、そしてタイトル通り研修をメインに据えました。そんな訳で第十一前線基地はタイトルにありながらそんなに出てきません。申し訳ない。

二巻書いてみたらもう一冊くらい行けるかな？　などと思いましたので、もし執筆のお許しが出たならば書いてみたいもんですね。書くとしたら移動図書館者とか楽しそうですね。前線基地を渡り歩くやつ。

それにしてもＷＷ１辺りの戦争関係は資料を漁《あさ》ると「しんどそう……」「きつそう……」「こんなの耐えらんないよお」みたいな話のオンパレードです。そういったのを逐一《ちくいち》書くと、前線しんどいエピソードで一冊埋まりますねこりゃ。そういうのも需要はありそうですが。

後は私事となりますが、最近はホテルのコワーキングスペースを月契約で借りて仕事してます。家だとすぐ横になっちゃうので……。

これが中々具合良くて、Wi-Fi通ってるし（なんか一部仕事先が禁止サイト扱いで繋《つな》がらないけど）、ドリンクバーあるし、電話ブースもあるので突発的なリモート会議も出来るし、階下にはコンビニもあるし、月契約のサービスでホテルの温泉入浴券も貰《もら》えると至れり尽くせりです。コーヒー牛乳飲んで帰ってます。

そんな訳で日ごとせっせと車で通って夜中まで仕事の日々。これ通勤とあんま変わらないな……仕事辞めたのにな（去年）……。

結果どうなるかというと、出勤（？）と仕事に追われてゲームが全然出来ないんですよ。めちゃくちゃに積みゲーが溜《た》まってます。既に買ってあるゲームだけで4本積んでる。買ってなくてでもやりたいゲームになるとその倍はある。

仕事辞めたからってゲームやれる時間が出来るっていうのは幻想だったようです。悲しい。

だから、今年の目標は頑張って本を読んで映画見てゲームをやる事です。遊んでいる訳ではありません。インプットです。確定申告でも「資料費」って書いてるもの。

引き続き作家として食っていくため色んな仕事をしておりますので、変なところで名前を見た時は「おっ、やってんね」と温かく見守りつつ買ってあげてください。

それではまた次も、本屋さんとか配信サイトのどこかで！

まだ結構寒い三月のこたつから

参考文献（一巻に書いた本は割愛）

『美篶堂とはじめる 本の修理と仕立て直し』（美篶堂　２０１７　河出書房新社）
『書籍修繕という仕事』（ジェヨン　２０２２　原書房）
『西洋書物史への扉』（高宮 利行　２０２３　岩波書店）
『索引～の歴史』（デニス・ダンカン　２０２３　光文社）
『再現！　世界の軍隊グルメ　戦士の食卓』（水梨　由佳　２０２２　大日本絵画）
『写真が語る第一次世界大戦「知」のビジュアル百科』（サイモンアダムズ　２００５　あすなろ書房）

その他、またしても図書館でつまみ読みした本、たくさん

AGAGAGAGAGAGAGA

ガガガ文庫4月刊

スクール=パラベラム2

最強の傭兵クハラは如何にして学園一の美少女を怪獣に仕立てあげたか

著／水田《みずた》 陽《あきら》

イラスト／黒井《くろい》ススム

定価 836 円（税込）

おいおい。いくら俺が〈普通の学生〉を謳歌する〈万能の傭兵〉とはいえ、
本気の有馬風香——あの激ヤバモンスターには勝てないぞ？
テロと陰謀の銃弾が飛び交う学園の一大イベントを、可愛すぎる大怪獣がなぎ倒す！

GAGAGAGAGAGAGAGA
ガガガ文庫4月刊

シスターと触手
邪眼の聖女と不適切な魔女

著／川岸殴魚《かわぎしおうぎょ》

イラスト／七原冬雪《ななはらふゆき》

定価 858 円（税込）

あやしく微笑むシスター・ソフィアのキスで覚醒する少年シオンの
最強の能力、それは『触手召喚』だった！　そんなの絶対、嫌だ！
己の欲望を解放し、正教会の支配から世界をも解放するインモラル英雄ファンタジー！

AGAGAGAGAGAGAGAGAGAGA

闇堕ち勇者の背信配信

～追放され、隠しボス部屋に放り込まれた結果、ボスと探索者狩り配信を始める～

著／広路《こうじ》なゆる

イラスト／白狼《ぱいらん》

定価 836 円（税込）

パーティーを追放され、隠しボス相手に死を覚悟する勇者クガ。

だが配信に興味津々の吸血鬼アリシアに巻き込まれて探索者狩り配信に協力することに!?

不本意ながら人間狩ってラスボスを目指す最強配信英雄譚！

GAGAGAGAGAGAGAGAGAG

【悲報】お嬢様系底辺ダンジョン配信者、配信切り忘れに気づかず同業者をボコってしまう
けど相手が若手最強の迷惑系配信者だったらしくアホ程バズって伝説になってますわ!?

著／赤城《あかぎ》大空《ひろたか》

イラスト／福《ふく》きつね
定価 792 円（税込）

「お股を痛めて生んでくれたお母様に申し訳ないと思わねぇんですの!?」

迷惑系配信者をボコったことで、チンピラお嬢様として大バズり!?

おハーブすぎるダンジョン無双バズ、開幕ですわ！

ガガガ文庫4月刊

シスターと触手 邪眼の聖女と不適切な魔女

著／川岸殴魚《かわぎしおうぎょ》

イラスト／七原冬雪《ななはらふゆき》

あやしく微笑むシスター・ソフィアのキスで覚醒する少年シオンの最強の能力、それは『触手召喚』だった！ そんなの絶対、嫌だ！ 己の欲望を解放し、正教会の支配から世界をも解放するインモラル英雄ファンタジー！

ISBN978-4-09-453188-6（ガか5-35）　定価858円（税込）

スクール＝パラベラム2 最強の傭兵クハラは如何にして学園一の美少女を怪獣に仕立てあげたか

著／水田《みずた》 陽《あきら》

イラスト／黒井《くろい》ススム

おいおい。いくら俺が〈普通の学生〉を謳歌する〈万能の傭兵〉とはいえ、本気の有馬風香――あの激ヤバモンスターには勝てないぞ？ テロと陰謀の銃弾が飛び交う学園の一大イベントを、可愛すぎる大怪獣がなぎ倒す！

ISBN978-4-09-453187-9（ガみ14-5）　定価836円（税込）

帝国第11前線基地魔導図書館、ただいま開館中2 王国研修出向

著／佐伯庸介《さえきようすけ》

イラスト／きんし

「出向ですわ♡」「嫌すぎますわ♡」皇女の指令により「王国」の図書館指導と魔導司書研修に赴いたカリアは、陰謀に巻き込まれ――出向先でも大暴れの魔導書ファンタジー！

ISBN978-4-09-453181-7（ガさ14-2）　定価836円（税込）

ノベライズ

マジで付き合う15分前 小説版

著／栗ノ原草介《くりのはらそうすけ》

イラスト／Perico《ペリコ》・吉田《よしだ》ばな　原作／Perico《ペリコ》

十数年来の幼なじみが、付き合いはじめたら――。祐希と夏葉、二人のやりとりがあまりに尊いと話題沸騰！ SNS発、エモきゅんラブコミックまさかの小説化！

ISBN978-4-09-453174-9（ガく2-10）　定価792円（税込）

ガガガブックスf

お針子令嬢と氷の伯爵の白い結婚

著／岩上《いわかみ》 翠《すい》

イラスト／サザメ漬《づ》け

無能なお針子令嬢サラと、冷徹と噂の伯爵アレクシスが交わした白い結婚。偽りの関係は、二人に幸せと平穏をもたらし、本物の愛へと変わる。さらに、サラの刺繍に秘められた力が周囲の人々の運命すら変えていき――。

ISBN978-4-09-461171-7　定価1,320円（税込）

GAGAGA

ガガガ文庫

帝国第11前線基地魔導図書館、ただいま開館中2 王国研修出向

佐伯庸介

発行	2024年4月23日 初版第1刷発行
発行人	鳥光 裕
編集人	星野博規
編集	清瀬貴央
発行所	株式会社小学館 〒101-8001 東京都千代田区一ツ橋2-3-1 ［編集］03-3230-9343 ［販売］03-5281-3556
カバー印刷	株式会社美松堂
印刷・製本	図書印刷株式会社

©Yousuke Saeki 2024
Printed in Japan ISBN978-4-09-453181-7

造本には十分注意しておりますが、万一、落丁・乱丁などの不良品がありましたら、
「制作局コールセンター」(⓪0120-336-340)あてにお送り下さい。送料小社
負担にてお取り替えいたします。(電話受付は土・日・祝休日を除く9:30～17:30
までになります)
本書の無断での複製、転載、複写（コピー）、スキャン、デジタル化、放送等の
二次利用、翻案等は、著作権法上の例外を除き禁じられています。
本書の電子データ化などの無断複製は著作権法上の例外を除き禁じられています。
代行業者等の第三者による本書の電子的複製も認められておりません。

ガガガ文庫webアンケートにご協力ください

毎月5名様 図書カードNEXTプレゼント！

読者アンケートにお答えいただいた方の中から抽選で毎月5名様
にガガガ文庫特製図書カードNEXT500円分を贈呈いたします。
http://e.sgkm.jp/453181 応募はこちらから▶

第19回小学館ライトノベル大賞
応募要項!!!!!!!!!!!!!!!!!!!!!!!!!!!!!

ゲスト審査員は田口智久氏!!!!!!!!!!!!
（アニメーション監督、脚本家。映画『夏へのトンネル、さよならの出口』監督）

大賞：200万円＆デビュー確約

ガガガ賞：100万円＆デビュー確約

優秀賞：50万円＆デビュー確約

審査員特別賞：50万円＆デビュー確約

スーパーヒーローコミックス原作賞：30万円＆コミック化確約
（てれびくん編集部主催）

第一次審査通過者全員に、評価シート＆寸評をお送りします

内容 ビジュアルが付くことを意識した、エンターテインメント小説であること。ファンタジー、ミステリー、恋愛、ＳＦなどジャンルは不問。商業的に未発表作品であること。
（同人誌や営利目的でない個人のWEB上での作品掲載は可。その場合は同人誌名またはサイト名を明記のこと）

選考 ガガガ文庫編集部＋ゲスト審査員 田口智久
（スーパーヒーローコミックス原作賞はてれびくん編集部による選考）

資格 プロ・アマ・年齢不問

原稿枚数 ワープロ原稿の規定書式【1枚に42字×34行、縦書き】で、70〜150枚。

締め切り 2024年9月末日 ※日付変更までにアップロード完了。

発表 2025年3月刊『ガ報』、及びガガガ文庫公式WEBサイト GAGAGA WIREにて

応募方法 ガガガ文庫公式WEBサイト GAGAGA WIREの小学館ライトノベル大賞ページから専用の作品投稿フォームにアクセス、必要情報を入力の上、ご応募ください。
※データ形式は、テキスト（txt）、ワード（doc、docx）のみとなります。
※同一回の応募において、改稿版を含め同じ作品は一度しか投稿できません。よく推敲の上、アップロードください。
※締切り直前はサーバーが混み合う可能性があります。余裕をもった投稿をお願いします。

注意 ○応募作品は返却致しません。○選考に関するお問い合わせには応じられません。○二重投稿作品はいっさい受け付けません。○受賞作品の出版権及び映像化、コミック化、ゲーム化などの二次使用権はすべて小学館に帰属します。別途、規定の印税をお支払いいたします。○応募された方の個人情報は、本大賞以外の目的に利用することはありません。